信長鉄道

関ヶ原を越えて!

豊田 巧

ハルキ文庫

JN122537

角川春樹事務所

信長鉄道
関ヶ原を越えて!

CONTENTS

目次・地図：かがやひろし

一章　清洲《きよす》同盟

時は一五六三年（永禄《えいろく》六年）、旧暦の一月十五日。

十河拓也《そごうたくや》は、部下である磯崎連太郎《いそざきれんたろう》とともに、熱田《あつた》にある國鉄名古屋工場駅舎前に立っていた。

國鉄責任者として、三河《みかわ》から来る、一人の男を出迎えるためである。

工場の周りには田畑が広がり、その向こうは海に面した熱田神宮の森と社殿の屋根が見えた。

目の前には、苦心して敷設《ふせつ》した線路がはるか彼方《かなた》へと延びている。熱田神宮、金山《かなやま》、那《な》古野《ごや》、枇杷島《びわじま》を経由して清洲城を結ぶ路線だ。

戦国の世に築かれた鉄道、真東海道本線。

十河達の持つ「鉄道」の有効性を天性の勘で見抜いた信長《のぶなが》は、天下統一の一助とすべく十河達と手を組み、これを建設させたのである。

事実、既に目覚ましい成果を挙げつつあった。

信長はこの鉄道の力を、これから来る男に見せつけようとしているのではないか。

十河や磯崎は、そう感じていた。

思えば、国鉄民営化の前夜、一九八七年（昭和六二年）三月三十一日、名古屋工場の敷地ごとタイムスリップしてから三年の月日がたっていた。

あの晩、労働組合の拠点だったプレハブ小屋を中心に、半径二百メートルを謎《なぞ》の光が包み込んだ。居合わせた十名の組合員は、そのまま戦国時代——桶狭間《おけはざま》の戦いの直前にある尾張《おわり》の国に送られてしまったのである。

戦うための武器も道具も持たない十河達は、鉄道を敷いて信長に協力することで、戦国の世での生き残りを図った。

十名のうち八名は、この地で新たに鉄道会社「國鉄」を立ち上げ、「戦国の世で再び国鉄を！」と線路建設を積極的に進めた。

十河の大学の後輩である石田彰《いしだあきら》は、専攻した構造力学を駆使して橋脚を設計し、歴史に造詣の深い磯崎は今後起きうる事態を予測するなどし、國鉄の有用性を高めた。

手始めに今川義元《いまがわよしもと》との戦いをバックアップするべく、街道沿いに線路を敷き、桶狭間に信長の兵を輸送して奇襲を成功に導いた。

その後、信長の居城清洲城下まで線路を延ばし、戦国の世の國鉄経営を軌道にのせた十河達だが、次の難題が降りかかる。

美濃《みの》攻めのため洲俣《すのまた》に城を作る作戦だったが、木下藤吉郎《きのしたとうきちろう》（のちの豊臣秀吉《とよとみひでよし》）は資材運搬に失敗し、攻略拠点を築けないでいた。十河達は藤吉郎と共に洲俣に線路を敷設し、資材の運搬に成功。一夜で城を築いて、美濃侵攻の足掛かりを作り、信長の美濃併合に寄与したのである。

一方、十河を嫌う整備区の下山幸一《しもやまこういち》は、部下の加賀山勝彦《かがやまかつひこ》とともに信長軍に足軽として加わり、國鉄と距離を置いていた。

磯崎は、落ち着かない様子で、國鉄名古屋工場内に新たに造られた駅舎前に立っている。

「ついに松平元康《まつだいらもとやす》、のちの徳川家康《とくがわいえやす》にまで会えるとは……。歴史好きとしては感無量の瞬間ですな」

「磯崎だろう。我々がタイムスリップして一番楽しんでいるのは」

今は「國鉄守《こくてつのかみ》」と呼ばれる十河は、顎《あご》を覆うように生やしている髭《ひげ》を、右手でなでながら微笑《ほほえ》む。

国鉄の分割民営化を阻止すべく支部長として組合に心血を注いできた十河は、ほかの生き方をまったく考えられない無骨な保線屋だった。

「そうかもしれませんな。織田《おだ》信長、のちの豊臣秀吉である木下藤吉郎に加え、ついに徳川家康という戦国武将三英傑をこの目で見られるのですからな。歴史好きならたとえ現代には戻れないとしても、戦国時代に行ってみたいと思うはずですよ」

そう楽しそうに語る磯崎を見ながら、十河は声をあげて笑う。

十河と磯崎は唯一のフォーマルな服である、グレーのダブルブレザーの国鉄制服を着て、その上にウールを押し固めたフェルト素材の黒い国鉄外套《がいとう》を着込んでいた。

これは北海道の雪の中で勤務する駅員用に作られた寒冷地用の外套で、尾張の気温では暖か過ぎるくらいのものだった。

「それに、尾張時代の『信長七年の謎』が解けたのも嬉《うれ》しかったですな」

満足そうに頷《うなず》く磯崎に十河が聞き返す。

「信長七年の謎？」

「それまで戦に明け暮れていた信長ですが、なぜか桶狭間の戦いから稲葉《いなば》山《やま》城を攻略して美濃を平定するのに、じっくり約七年もかけておるんです」

それは十河にも意外に思えた。

「一年くらいで美濃を落としそうなものだがな、桶狭間で勝った勢いがあれば……」

「そうなのです。この時期、美濃と数年和睦《わぼく》していたことは、歴史の中で『謎』とされていたのですが、それは内政に力を入れていた期間なのかもしれませんな」

「まずは国力を充実させる……ということか」

駅舎の向こうにあるホームには、黒いC11形蒸気機関車が煙突から黒い煙をあげながら待機しており、五つの金ボタンがついた詰襟姿の運転士の長崎《ながさき》が、運転台から体を半分出す。

　三十代半ばとなった長崎は、定年まで列車を運転していたいと考えていた生粋の運転士で、出世して現場から離れることを最も嫌がっていた。

　タイムスリップしてきた運転士は一人だったこともあって、国鉄にいた頃《ころ》より休みが極端に少なくなっていたが、長崎は文句を言うこともなく満足に過ごしていた。

「徳川家康さんが来るのは、そろそろですか？　十河検査長」

　長崎にそう聞かれても、十河には答えようがない。

「この世界に正確な時刻というものはない。信長から聞いた話では『一月十五日の中食《ちゅうじき》までに清洲へ連れてきてくれ』ということだったがな」

　タイムスリップした時に動いていた時計はいくつかあったが、全《すべ》て電池が切れてしまい動かなくなっていた。

「また戦国タイムってことですね」

　現代にいる時は時間厳守だった長崎も、戦国に来てから少し大らかになっていた。

「そういうことだ」

　戦国時代は周囲の時間の流れも大雑把であり、国鉄時代のように秒単位で行わなくてはならない仕事は存在しなかった。

「十河検査長、そういえば……歴史は変化してきておりますな」

磯崎がC11形蒸気機関車を見ながら呟《つぶや》く。

「やはり……そうか」

「史実では松平元康と織田信長による『清洲同盟』は、永禄五年のはず。ですが今年は永禄六年。ただ、一月十五日という日付はあっているのですが……」

「史実より一年遅れ……ということか」

十河は歴史を変えたりするつもりはなかったが、結果的にそうなってしまっていた。

「どうしてそうなったのかは、私にも分かりませんが……」

すまなそうな顔をする磯崎に、十河は優しく笑いかける。

「別に磯崎が悪いわけじゃない。そんなことは気にするな」

その時、少し高いホームに立っていた小平太《こへいた》が、駅舎を抜けてやってくる。

「松平殿の一行が、こちらへ来るようじゃ」

小平太の本名は「服部一忠《はっとりかずただ》」というが、皆からは小平太と呼ばれている。

元々は信長の馬廻衆《うままわり》の一人であったが、信長の家臣の中で最初に十河と話してしまったために人生が大きく変わり、今は「十河と信長との連絡係」という役目を仰せつかり、名古屋工場で十河らと一緒に寝起きしていた。

戦国時代の風習も分からず頼れる者もいない十河達は、小平太がいてくれるおかげでなにかと助かっていた。

横へやってきた小平太に、磯崎が心配そうな顔をする。

「小平太殿、なにか疲れておらんか？」

「このところ……しっかり眠れておらぬからでござるからかの？」

隈《くま》の浮かんだ顔で小平太は力なく微笑む。

「信長からの頼まれものか？」

眠れない原因の察しがついた十河が聞くと、小平太は頷く。

「そうでござる。皆と一生懸命やっておるが、中々うまくいかぬ……」

「無理難題なのだ。あまり根を詰めるな」

小平太は弱々しく顔を左右に振る。

「拙者は武士ゆえ。お屋形様に『出来ませぬ』とは言えぬでござる」

「確かに……それは分かるが」

その時、三人で見つめていた熱田神宮方面から、十騎ほどの騎馬がゆっくりと近づいてきた。

先頭の騎馬の若い男は茶の直垂《ひたたれ》に直垂袴《ひたたればかま》を着て、頭には黒い折烏帽子《おりえぼし》を被《かぶ》っていた。

前を見たまま十河が呟く。

「あれが元康か？」

横にいた小平太が大きく頷く。

「そうでござる。あれが松平元康殿にございます」

最初に信長が名古屋工場に来た時には、周囲が鉄の線路で埋め尽くされていたが、今は整理されて一本の線路しかないため、馬が驚かない。

熱田神宮から続く線路を、元康は首を伸ばして興味深く見つめながら近づいてきた。

十メートルくらいまで近づいたところで、元康の顔を見た十河は驚く。

「若いな」

二十九歳の信長でも十河には若く感じたが、元康は青年のような面持ちだった。

「松平殿は確か……二十歳《はたち》くらいだったはずでござる」

「そうか、二十歳で城持ちか……」

駅舎前には國鉄の紋の入った小ぎれいな紺の小袖《こそで》を着た、國鉄に雇われた職員が十名ほど待っていて、一行の者が馬から降りると急いでくつわをとって馬を預かる。

「馬は國鉄でお預かりいたします。熱田から清洲までは列車にお乗りください」

名古屋工場の一角に造られた馬小屋へ國鉄職員が馬を引き連れていき、元康の一行は「おぉ～」と口々に感嘆の声をあげながら十河らの前へやってくる。

供の者達は初めて見る奇怪な鉄道設備の数々に怯《おび》えているのが分かったが、さすがいずれ天下を獲《と》る元康は、若くとも堂々としていて落ち着いたものだった。

「某《それがし》は三河、岡崎《おかざき》城主、松平蔵人佐《くろうどのすけ》元康である」

藤吉郎のような愛嬌《あいきょう》のある感じではないが、真面目《まじめ》な顔で育ちの良さを感じるような腰をしっかり折る丁寧な仕草をした。

「信長より國鉄守を仰せつかっている、名古屋工場保線区軌道検査長、十河拓也だ」

そう十河が名乗ったのは、信長との関係が微妙だったからだ。

武士ではない十河は信長に仕える家臣団に所属しているわけではなく、國鉄の経営自体は十河に裁量権があって独立した形で行われていた。

だが、清洲での軍議には呼ばれることも多く、國鉄の経営が軌道にのってからは禄《ろく》を受け取らず、売り上げの一部を上納している関係であった。

元康は見た目も若々しく、信長より「元康とわしは対等な関係じゃ」と聞いていたこともあり、十河は敬語で接するようなことはしなかった。

「では、元康殿、さっそく列車の方へ」

十河と磯崎は元康を伴い駅舎へ入っていったが、すぐに元康からの質問が飛ぶ。

「これはいったい、なにで作られているのでござろうか」

元康が目を大きくしつつ不思議そうに駅舎の白っぽい壁面を触っていた。

「それは耐火レンガだ」

「たいかれんが……とは？」

やはり戦国に今までなかった言葉は、元康も言いにくいようだった。

元康の側《そば》へ戻った十河は、拳《こぶし》にした右手で強く壁を叩《たた》く。

「このレンガは火に強く丈夫だ。粘土と火山灰を混ぜたものを型に入れ焼くのだ」

「確かに……これだけの固さがあらば、矢も鉄砲も通らなそうじゃ」

右手を広げて感触を確かめていた元康を十河はホームへ連れ出し、二百メートルほど右手に三基が並ぶ、高さ十五メートルほどの白く輝く塔を指差す。

「常滑《とこなめ》で作らせたのだ。あの塔を作るために必要だったのでな」

塔の頭頂部の煙突からグレーの煙が青い空へ向かって轟々《ごうごう》とあがり続け、周囲では大量に積み上げられた木炭を炉にくべる、上半身裸の野良着姿の者達が多く見えた。

「なっ、なんでござろうか？　あの巨大な塔は……」

「反射炉だ」

「はっ、はんしゃろ……」

初めて聞いたであろう言葉を、元康は聞き返す。

耐火レンガを積み上げ、その上から白い漆喰《しっくい》で塗り固められた反射炉は、熱の有効利用を考慮して二つの炉を一まとめにして建造してある。

作業場の中心には、剣道が達人級の腕前にして十河の片腕である高木《たかぎ》英《ひで》が、国鉄の作業服姿で立っていて、周囲の作業員達に向かって大声をあげる。

「取り出すぞっ」

すると、一基の反射炉の出湯口が開かれて、中から真っ赤に溶けた鉄が流れ出し、すぐ近くの鋳台に作られた鋳型に流し込まれて火花を散らす。

「反射炉とは、簡単に言えば鉄を作る炉だ」

「要は大きなたたら……ということか」

口を大きく開いた元康は、ほとばしる真っ赤な鉄を見ながら言葉を失っていた。

現代から持ってきた部材は全て使い切ってしまった十河らは、路線を延伸していくためには「レールが必要」と痛感した。

そこで、レールを作ろうと考えたのだが、戦国時代の一般的な製鉄設備であるたたらでは、鉄の塊を作れるだけでレールを作ることは出来ない。

レールを作るには砂鉄や鉄鉱石を約千五百度まで熱して完全に融解させ、それをレール型の鋳型に流し込まなくてはならないからだ。

「摂氏千五百度に耐えられる耐火レンガが必要になったのだ。反射炉を造るためにな」

側にいた小平太が胸を張って応《こた》える。

「そこで拙者が『焼き物の産地である常滑ならば、作れるやもしれぬ』と教えてさしあげたのだ」

「運が良かった。尾張に常滑があったのは……」

十河は小平太を見て微笑む。

国鉄職員であった十河らには、耐熱レンガの製造方法の知識はなかった。

だが桶狭間の戦いの結果、織田信長の勢力下に入った常滑の焼き物職人らは、

「火に強い焼き物の配合というものがある」

ということを、経験として知っていた。

常滑の焼き物職人達は、焼き物の粘土に火山灰を配合させると、高温に耐えられること
を知っていて、その材料を使って巨大な焼き窯を造っていた。

そこで、十河が常滑の職人らに、耐火レンガの製造を依頼した。

無論、今までの配合では鉄が融解する摂氏千五百度以上の熱に耐えられなかったが、配
合を変えて試行錯誤を繰り返すことで強靱《きょうじん》な耐火レンガが完成したのだった。

十河は駅舎を指差す。

「この耐火レンガは建築材料としても使いやすいものだ。だから、名古屋工場の駅舎、宿
舎の壁として使用し天井は板葺《いたぶ》きとしたのだ」

「それで、あのような壁に……」

駅舎を見つめながら、元康は感心して何度も頷いた。

耐火レンガを積み上げるだけでは崩れるため、合間にセメントを入れて固定した。

戦国時代にセメントは存在しなかったが、漆喰は壁の建材として昔からある。

漆喰の材料である消石灰は、石灰石と粘土を細かく砕いて混ぜ高温度で焼いて作る。

これに砂利や砂、麻、海藻のりなどの有機物を混ぜて練り上げたものが漆喰であり、セメントは石灰石と粘土を同じように粉砕焼成してから砕いたものだったので、漆喰職人らにセメントを作らせることは、それほど難しくはなかった。

耐火レンガとセメントを使って名古屋工場内に多くの建物が建設出来たことで、國鉄で働く駅員や作業員を寝泊まりさせることが可能になった。

十河は、三基の反射炉の手前に見える、今は使用していない半分くらいの高さの炉を指差す。

「鉄の製造が軌道にのったのは半年前くらいからだ。テストで造った小型反射炉では温度が上がりきらず、最初の頃は製造される鉄の品質もよくなくてな」

「それにしても……これほどの鉄を製造する設備が、尾張にあろうとは……」

元康は目を見開いていた。

溶けた鉄さえあれば、レールを作ることは戦国の職人らでも出来た。

銅など合金を溶かして仏像などを造る「鋳物」という技術は、遡《さかのぼ》れば弥生《やよい》時代から既に存在していたからだ。

ただ、計測器などが存在せず、全てが経験と目分量、感覚で行わなくてはならなかったために、安定した鉄の生産が出来るようになるのに時間を要したのだ。

このような設備では國鉄の標準的な長さである二十五メートルレールを作ることは不可能で、最初は五メートル程度だったが少しずつ長いものを作っていた。

反射炉部門は國鉄の管理下にあって、責任者は國鉄では保線区内の資材管理を主にやっていた十河の右腕の高木が務めている。

だが、高木も製鉄や鋳物に詳しいわけではないので製造量、コスト、納期の管理だけに集中して、実際の作業は尾張で雇った作業員達に任せていた。

信長は國鉄が反射炉で作った鉄を買い取り、清洲にある鍛冶《かじ》へ運ばせて鉄砲などの武器や、鍬《くわ》や鎌などの生活道具に加工している。

桶狭間の戦い以降、信長はむやみに周辺諸国とは戦わず、こうした国力の充実に多くの力を割いていた。

そうした方針に従って、ここ一年半は國鉄もダイヤを安定させ、コンスタントな鉄レールの製造に心血を注いでいた。

小平太が十河を見つめる。

「そろそろ出発の時間でござる」

「では、中食までに清洲へお送りしよう、元康殿」

あ然としていた元康に手を差し出し、十河は板敷きのホームに誘導する。

反射炉からやっと目を離した元康は、ホームに停車している二両編成の列車を見た。

先頭はC11形蒸気機関車で、連結していたのはナハネフ22形寝台客車だった。

タイムスリップした時は表面の塗装が雨風で剝《は》がれており、國鉄に関《かか》わる者達の宿泊所として使われていたが、耐火レンガ製の建物が出来たことで客車に復帰させた。

本来はブルートレインと呼ばれる青色が塗られるところだが「青のペンキはあまりないっすよ」と、整備区の加賀山勝彦が言ったことで、車体全体は黒で塗られ真ん中に黄色の線が一筋だけ引かれた。

ただ、この車両は接待用の「御料車」のような扱いであり、一般の客は乗れない。

「これが桶狭間の勝利に大いに貢献したと噂《うわさ》に聞く……鉄牛か」

「本当の名前は『国鉄C11形タンク式蒸気機関車』というがな、皆『鉄牛』と呼ぶ」

客車の前方扉を開いた十河は、微笑みながら予《あらかじ》め注意しておく。

「草履は脱がなくてもいい」

この客車を作ってから、幾度か信長の依頼を受けて重要な客を乗せたことがあったが、多くの者がホームに草履を置いて客車に乗り込んでいた。

脱ぎかけていた草履を履き直しながらついてきた元康は、車内に入ってから天井を見上げて「ほお」と感嘆の声をあげる。

「中はこのような華麗な造りになっていようとは……」

「熱田の宮大工に頼んだのだが、妙に気合が入ってしまってな……」

平泉《ひらいずみ》にあった中尊寺金色堂《ちゅうそんじこんじきどう》のような車内を見ながら、十河は微笑んだ。

ナハネフ22形寝台客車の内装は全て剝がされ、床、壁、天井は作り直された。

床は白木造で全ての壁には金箔《きんぱく》が貼《は》られており、天井に至っては細やかな模様が彫り込まれた格子状の緩やかなドーム天井となっている。

そこに石田が描いたデザイン画を見ながら宮大工が作った椅子《いす》が、間に机を挟むようにして置かれていた。

右には四人用、左には二人用ボックス席がずらりと配置されている。

椅子には、真紅のビロード製クッションが座面と背もたれにつけられていた。

ちなみに寝台車から取り外したベッドは、十河らの宿舎で再利用している。

真ん中まで歩いた十河は、四人席の一つに元康を案内した。

「そろそろ出発するから、そこへ座っておいてくれ」

「かたじけない。皆の者も早く座れ」

元康が進行方向を向いて窓際に腰かけると、怯えつつ後ろをついてきた供の者達が周囲の椅子に急いで座った。

十河は元康と相対するように進行方向に背を向けて窓際に座り、磯崎は客車のドアを閉めてからその横に腰かけた。

車内後方に立って車掌を担当していた石田に、十河は軽く合図を送る。

「出発させてくれ」

「分かりました。十河検査長」

石田は窓からホームに顔を出し、銀の笛を咥《くわ》えてピィィと吹く。

その瞬間、シュユユという蒸気の音が周囲に響き渡って、C11形蒸気機関車がゴフッゴフッとピストンを動かしながら、ゆっくりと名古屋工場のホームを離れていく。

小平太はホームに立ったまま、少しだけ頭を下げて見送っていた。

『おっ、おぉぉぉぉ……』

元康の部下達は、初めて列車に乗る者が必ず発する歓声をあげた。

まるで幽霊でも目にしたかのような、あるいは巨大地震に遭遇したかのような、あまりの驚きにどうしていいのか分からないような様子だった。

現代の名古屋工場からタイムスリップしてきた車両の中で、一番に活躍しているのが、このC11形蒸気機関車だった。

蒸気機関車は燃料が「燃えるものならなんでもよい」という使い勝手の良さがあったことで、燃料切れを心配することなく毎日の運行に使用されていたのだ。

現代ならば年一度のイベントにしか使用しておらず、ディーゼル機関車がメインだったことを考えれば、国鉄の者には不思議な感じがしていた。

右側に熱田の港が見えてくると、元康は顔を車窓につけるように目を見張る。

「熱田の港が、このように立派になっていたとは知らなんだ」

人の噂しか情報源のない戦国時代では、こうして自分の身を運んで見聞するまで、実際の状況を把握することが出来ない。

元々、単なる漁港に過ぎなかった熱田港は、今は護岸が石で固められていた。

岸壁には伊勢船《いせぶね》と呼ばれる全長が二十五メートル、幅十メートルほどの櫂船《かいせん》が数隻横づけされており、たくさんの物資が積み降ろしされている。

港の周囲には港町といっていい、賑《にぎ》やかな集落が出来上がっていた。

十河の横の磯崎が、忙しそうに働いている港町の住民を見つめる。

「常滑で作られた耐火レンガは毎日のように熱田港に陸揚げされ、ここから鉄道で運ばれるのです。その仕事に関わる者が護岸工事も行い、多くの者が熱田に住むようになってこのような立派な町になったのです」

「商いが尾張に人を、呼んでおるのだの」

「そういうことになりますかな」

國鉄は毎日午前と午後のたった二往復しか列車を走らせていなかったが、それでも街道の関所が全て消えた尾張の商業圏は一気に活性化し、周辺諸国にいた商人達も「尾張で一《ひと》儲《もう》けしよう」と目論《もくろ》んで多くの者が集まってきていた。

清洲から熱田まで約十五キロの運賃を大人一人百文としていたことで、國鉄は膨大な利益を生み出していた。

反射炉によって鉄レールが準備出来たことで、木曽《きそ》川近くの羽栗《はぐり》まで十六キロが新たに真東海道本線として延伸された。

少し前まで尾張の国府のあった稲沢《いなざわ》と、真清田《ますみだ》神社の門前町であった一宮《いちのみや》に駅が作られたこともあって、清洲から羽栗間でも多くの乗客が生まれていた。

ただ、この区間は反射炉で新たに製造された五メートルレールが多用されているので、乗客から「ガタガタとうるさい」とあまり評判はよくない。

こうしたことから國鉄には膨大な利益があり、作業員の雇用や耐火レンガの購入、反射炉建設に鉄製レールの製作、豪華客車の建造などを行うことが出来たのだ。

線路が左へ大きくカーブして海から離れ、右に熱田神宮の森が見えてきた時だった。

線路脇《わき》に立っていたミリタリーマニアの仁杉清《にすぎきよし》が、地面に挿してあった直径五センチほどの竹筒に、現代から持ってきたオイルライターを近づける。

その横を列車が駆け抜けると鋭い笛の音が響き、白い煙を伴いながら青い空へ向かってなにかが上昇し、上空でパンと破裂音がして火花が散った。

元康の部下は一斉に『鏑矢《かぶらや》か⁉』と動揺して腰を浮かす。

仁杉は現代にいた時から毎週末にサバイバルゲームに行っていたミリタリーマニアで、火薬などについても詳しかった。

そこで、その知識を生かして、大型のロケット花火を作っていた。

先端部を薄く焼いた耐火素材で作ることで、高くまで飛ばすことが出来た。

「線路を列車が走る合図の『龍星《りゅうせい》』だ。驚かせてすまない」

十河は軽く会釈すると、元康は不思議そうな顔で聞き返す。

「どうして、そのような合図を？」

「線路に入り込む者が多いのだ、最近」

「その者達はなにをしておるのだ？」

元康は不思議そうな顔をする。

「興味本位で近づく者もいるが、最近増えてきたのは『車屋』と呼ばれる連中だ」

「車屋とは？」

聞かれた十河は右の車窓のすぐ外でこちらを笑顔で見上げる男を指差す。

「あれが車屋だ」

男の傍らには大きな木箱に、木製の車輪をくっつけた、祭りに使う小さな山車《だし》のようなトロッコがあった。

「自分で作った荷車に客を乗せて銭を取り、勝手に線路を走らせている。こうして列車が走る時には邪魔になるので合図しているというわけだ」

両腕を組んだ元康はウムと唸《うな》り、怒ったような口ぶりで呟く。

「このせんろ～は國鉄守殿のもので、言うなれば、お主の縄張りであろう。そのようなところに出入りする不届き者など、見せしめに一人、二人斬《き》ってしまえばよかろう。さすれば、すぐにでもあのような者はいなくなろうに」

十河はこちらに手を振る車屋に手をあげて応える。

「まぁ、あれも『お客様』ではあるからな」

「しかし、あの者は國鉄に銭を払わぬどころか、せんろ～を勝手に使って己の商いをしておるではないか。それでも客だと？」

「将来、役に立つかもしれんと思ってな。今は少し困った連中かもしれんが……」

「あんな者が役に立つと？　十河殿のお考えは、某には分からぬ」

元康には十河の狙《ねら》いは分からず、首を捻《ひね》るだけだった。

運転士の長崎などは元康と同じく「取り締まりましょう」と強く抗議したが、十河はこうした無断で商売を行う不法侵入者達の作っている車に期待していた。

最初の頃は単なる台車のようなものだったが、あっという間に鉄道車両の車輪を理解し、内側にフランジと呼ばれる張り出しのある車輪を独学で削りだしてきた。

今は問題となっていないが、國鉄には現代からタイムスリップしてきた車両しかなく、このまま延伸を続ければいずれ車両不足に陥ることは目に見えている。

だが、いくら反射炉で鉄を製造出来たとしても、鉄道車輪や車体を製作することはかなり難しい。

そこで、今はまだ造りが甘いが続けていけば、

「自ら工夫して木製の鉄道車両を造れる者が現れるのではないか？」

と、十河は期待して、しばらく様子を見ることにしたのだ。

駅は、熱田より金山、那古野、枇杷島と約三キロおきにあるが、今日の列車は元康のために特別に仕立てられた列車であり、ノンストップで走った。

「さすがに……噂に聞く神速だな、鉄牛とは」

元康は初めての列車に目を見開いて感動しているが、蒸気機関車への負担や車屋との衝突を考慮して、最近は時速三十キロ程度でしか走ってはいなかった。

この黒い客車が走ることは珍しい。

そのため、多くの住民が線路脇に並び、車両へ向かって手を振っていた。

それはまるで元康を尾張が町をあげて歓迎しているかのようだった。

「関所が一切なく、活気あふれる町が尾張にこんなにもあろうとは……」

磯崎は小さく頷く。

「尾張では田畑で働く農民だけではなく、商いで飯を食べている商人が多くおりますからな。そういった者は國鉄沿線に住んでいるのです」

「これほど賑やかな街道など、今の三河には一つもない」

「きっと、三河にも鉄道が通れば賑やかになりますぞ」

磯崎が微笑むと、元康は車窓を見つめて目を細める。

「なるほど、三河にもせんろ～を敷けとな。確かに、鉄道とは陸に海を作るがごとしで、駅があらば港町が生まれて発展するかもしれんな」

「そういうことでございます、元康殿」

磯崎はのちの徳川家康と話せているだけで胸が躍っていた。

各駅でもホームに國鉄が雇った小袖姿の職員が一列に頭を下げて並び、列車の通過に合わせて龍星を空へ打ち上げる。

こうした対応は事前に配布された覚書によって指示されていた。

熱田から清洲までは約十五キロあるので、歩けば約三時間かかる。

だが、時速三十キロで駅に停《と》まることなく走れば、約三十分で走破出来た。

十河は振り返って呟く。

「そろそろ、清洲に到着する」

次第に見えてくる清洲の街並みに、元康一行は度肝を抜かれることになる。

「なっ、なんじゃ⁉　あれが清洲なのか⁉」

勢いよく椅子から立ち上がった元康は、思わず車窓に手をついた。

供の者達も全員立ち上がり窓に駆け寄って目を見張ったのは、数年前までは板壁だった清洲の町を囲む壁が、白いレンガ造りとなっていたからだ。

十河が窓を見ながら応える。

「耐火レンガを『火に強く、鉄砲も跳ね返すのは良い』と、信長が気にいってな。常滑に大量に発注して清洲に城壁を造ったのだ」

耐火レンガは「レールを作るための反射炉建設用」の単なる建築資材だったが、元々「火に強い壁」を多用してきた信長は城塞《じょうさい》都市の壁材に即採用した。

桶狭間の戦いの際に祈願した熱田神宮には、勝利に感謝して「信長塀」と呼ばれる耐火性の高い壁を史実でも寄進している。これは土と石灰を油で塗り上げた材料を、瓦《かわら》を挟みつつ積み上げた壁で、四百年以上経《た》った現代でも崩れることなく残っている。

信長が壁に耐火レンガを使用したことで、火事に強い建物を必要としていた裕福な清洲の商人達が飛びつき、次々に蔵や住居を建てた。

但《ただ》し、信長が「信長に相対する者には販売を禁ず。製造法も門外不出のこと」という触れをだしたことで、耐火レンガは尾張国内でその多くが使用されることになった。

耐火レンガ作りは常滑の職人達に任せ、國鉄は熱田からの運搬費だけとっていた。

本来なら重量物は高価となりがちだが、熱田から鉄道輸送が出来たことで尾張での販売価格は比較的安価になったことも流行《はや》る要因となった。

体を震わせながら驚いている元康一行を乗せた列車が、板敷きホームの清洲駅へと減速しつつゆっくり入っていく。

清洲駅のホームでも、背中に白い動輪の紋の大きく入った紺の小袖を着た駅員らが、しっかりと頭を下げて整列して並んで待っている。

C11形蒸気機関車が大きなブレーキ音をあげて停車すると、安全確認を終えた石田が車内を素早く走り抜け、前方ドアを開いてホームに出る。

「待たせたな、元康殿」

元康は驚くようなものを一気に見せられたことで、さすがに腰が引けていた。

この若さで一国一城の主《あるじ》ではある元康は、供の者達のように首を左右に振りながら動揺するようなことはなかったが、目が泳いでいるように見えた。

「あぁ、すまぬ、國鉄守殿」

「こちらへ」

十河の誘導に従って元康はホームを歩き出すが、耐火レンガを使用した建物が目抜き通りに並ぶ清洲の街並みや、岡崎とは比べ物にならないくらいに集まっている住民の多さに圧倒されてしまう。

ホームを歩いていくと、その先には板葺きの清洲駅の平屋駅舎が門のようである。

その真ん中には漆黒の直垂、直垂袴姿の信長が仁王立ちでおり、尾張の変容ぶりに圧倒されている元康を見て嬉しそうに笑う。

「よく来たな、元康！」

その瞬間、清洲駅舎と清洲城から空へ向けて、歓迎の意味を込めた龍星が一斉に数十発放たれ、一瞬で周囲は高い笛の音色に包まれる。

ミリタリーマニアの仁杉は龍星の先端部の形状を変えて音程をいくつか作り、それらの音が重なったことで和音のようにキレイな音が響いた。

龍星に慣れている清洲民は盛り上がったが、元康の供の者達は怯えて身を縮めた。

青い空に引かれた幾筋もの白い龍星雲を見上げながら、元康が改札口までやってきて深々と頭を下げる。

「大層な歓迎、痛み入ります。尾張の変わり様に、この元康感服致しました、兄上」

「まだまだじゃ、元康。尾張はもっと変わる」

そう嬉しそうに言った信長は、豪快に笑い飛ばした。

元康と信長を先頭に、一行は近くの清洲城へと向かう。

信長より「十河にも関わることがあるゆえ、評定に出席せよ」との命を受けていたので、十河も磯崎と共に行列の最後尾を歩く。

「兄上と呼ぶのだな、元康は信長のことを」

周囲には聞こえない声で十河が囁《ささや》くと、磯崎も小さな声で応える。

「元康がまだ竹千代《たけちよ》と呼ばれていた六歳の頃。今川氏への人質として出されたことがあったのですが、その時、護送役の者が裏切り、信長の父である『織田信秀《のぶひで》』に銭千貫で売り飛ばされたのです」

「酷《ひど》いものだな、護送する者が裏切って、少年の人身売買とは……」

十河は呆《あき》れた。

「それが戦国の世ですから。そのため元康は六歳から約二年間、織田家の菩提寺《ぼだいじ》である尾張の万松寺《ばんしょうじ》に預けられておったのです。この時、十ほど年齢は離れておりましたが、信長との交流があったようですな」

「なるほど、それで兄上と……」

「これも『噂』と聞いておりましたが、事実でしたか」

また新たな歴史的真実を知れたことに、磯崎は満足そうに微笑んだ。

清洲城は大小の屋根が連なる白い壁の優雅な和風建築ということは変わりなかったが、周囲を囲む深さ約五メートルの堀に沿って耐火レンガ製の壁が立ち並び、正門もレンガ製の櫓《やぐら》となっていたので、ヨーロッパの城のような雰囲気だった。

他国の者が清洲城を見れば、皆が「難攻不落」と思う威圧感があった。

いつものように幅の広い階段のある玄関で履物を脱いで屋敷に上がるが、ここで元康の供は一人だけとなり、残った者は別の部屋へ案内されていく。

「あれが元康の懐刀《ふところがたな》の『水野信元《みずののぶもと》』でしょうな。今回の清洲同盟については、信元を松平方の交渉役として進められたそうですから」

元康の一歩後ろをついて歩く、鼻下の髭をキレイに整えている十ほど年上の体格のいい男を見ながら磯崎が呟く。

右に左に続く廊下を抜け、一番奥にある十河が「謁見の間」と呼んでいる板張りの大広間に入った信長は、いつものように上座に座ることはしない。

上座に対して向かって右側にマットのように置かれていた畳に胡坐《あぐら》をかいて座り、元康は相対するように左側に置かれていた畳にゆっくり座った。

これは結ばれる同盟が「対等のものである」という意味合いからだ。

元康の供である水野が手前で立ち止まり上座に向かって腰を下ろしたので、十河はその横に、磯崎は十河の後ろに控える。

信長の後方には、牛王宝印《ごおうほういん》と呼ばれる半紙で出来た護符を机に置いて筆を持つ、右筆《ゆうひつ》と呼ばれる書記が控えていた。

季節は冬ということもあり障子は閉じられていたが、室内は陽光を受けて格子状に白く輝いており、広間は四隅に置かれた火鉢によって暖められていた。

せっかちな信長は、中食の後にゆっくり交渉などしない。

「さっそくだが、元康。同盟の中身を決めておこうと思うのじゃが」

「そうでございますな、兄上。そうした方が中食もすすみましょう」

信長は右の手元にあった折り畳まれた紙を取り出すと、ニヤニヤ笑いながらそれを一折ずつ開いて大きくしていく。

そして、Ａ２サイズ程度の大きさまで開き切ると、自分と元康の間に置いて見せた。

それを見た元康は、信長も最初はそうしたように目を見開いて驚く。

「どのようにして⁉　このような鷹《たか》が空から見たかのような図を……」

それは十河が用意した東海、中部、近畿まで正確に記した地図だった。

地図には大まかな街道と主要大名の勢力圏が、多様な色で書き込まれていた。

元康を驚かすことが出来て満足な信長は、十河が以前献上した伸縮式の指示棒を懐から取り出し、じわりと引き伸ばして尾張と三河の国境《くにざかい》をオレンジの先端で叩く。

「よいか、元康。尾張と三河の国境から東は、お主が切り取れ。西はわしが切り取る。それでどうじゃ？」

単刀直入そのものといっていい、信長らしい同盟の提案だった。

元康は信長を前にして臆《おく》することもなく、若いにもかかわらず頭の回転が速かった。

「その提案、分かり申した、兄上」

「さすがの元康、話が早い。じゃが、お主が東へ牙《きば》を向ければ、すぐにもかつての主君今川に当たることになるが、構わぬのか？」

元康は含みを込めて微笑む。

「そのような些細《ささい》なことが気になるようでは、清洲までは参りませぬ」

黙ったまま二人は視線を外すことなく、じっと見つめ合う。

二人の間には話さなくとも、意思の疎通が行われているように十河達は感じた。

しばらく続いた沈黙を打ち破るように、小鳥の声が響く。

その瞬間、信長は自分の膝《ひざ》を指示棒で打って叫ぶ。

「あい、分かった。今ヨリ水魚ノ思《おもい》ヲナシ、互ニ是ヲ救ン事 聊《いささか》モ偽リ有ベカラズじゃ」

信長が首を右に回して右筆に指示する。

「よいか？ 起請文《きしょうもん》に『牛』と書け。それから、誰《だれ》か水を持ってこい！」

右筆は言われた通りに、護符に大きく「牛」と書いてから信長に手渡す。

水が運ばれてくるまでの間に、信長は十河に聞く。

「十河、なにか元康に頼むべきことはあるか？」

それについては一件だけあった。

「もし願えるなら、渥美《あつみ》半島の砂鉄を買わせてはもらえないだろうか？」

細かく説明しなくとも、勘の鋭い元康は十河の狙いを読み取る。

「あれだけのたたらを動かすための砂鉄が、不足しておるのですな」

反射炉によって鉄の製造量は驚異的に上昇したが、材料となる砂鉄や鉄鉱石不足に陥りつつあった。原因は砂鉄を多く含む地域が尾張内には少ないことで、最も近い場所は元康の支配下にある渥美半島の浜辺だった。

「どうじゃ？　元康。砂鉄を十河に売ってやってはくれぬか」

信長に聞かれた元康は、間髪容《い》れずに応える。

「無論、喜んで譲らせてもらいましょうぞ。たたらとなれば炭も大量に必要になろう。三河は田畑が少なく山地も多いでな。それも合わせてな」

十河は素直に頭を下げる。

「元康殿、本当に助かる」

「ならば……某からもお願いの儀がござる」

顔をあげた十河は、真剣な顔で聞き返す。

「どういったものか？　國鉄で出来ることならよいが……」

十河が心配したのは國鉄には武力はなく、戦争協力などは出来なかったからだ。

すると、元康は障子の方へ視線を動かしつつ意外なことを口走る。

「あの白い石を売ってくれぬか？」

「耐火レンガを？」

「そうじゃ、あれがあれば火に強い館《やかた》が作れるようになる」

十河が確認するように見ると、信長は首を力強く縦に振る。

「構わぬ、本日より元康とわしは同盟を結ぶ仲じゃ。自由に使うがよい」

「かたじけのうござる、兄上」

そこへ水を入れた茶碗《ちゃわん》を抱えた若い女中が、大広間に四人入ってくる。

信長は右筆が書いた起請文を受け取り、目の前で四つに引き裂いて元康と信元、更には十河に一片ずつ手渡す。

「この熊野《くまの》誓紙《せいし》の起請文を共に飲むことで、信義の誓いとするぞ」

元康や水野は慣れた感じで「おぉ」と雄々しく応えて、信長と同じように紙を小さく畳むと、躊躇《ちゅうちょ》することなく水で一気に喉《のど》に流し込んだ。

初めての儀礼に十河は一瞬戸惑ったが、ここで逃げるわけにもいくまい。

磯崎は後ろで「ご苦労様です」とでも言いたそうな顔をしていた。

十河も元康らと同じように紙を折り、なるべく小さくして水で一気に流し込んだ。

飲み終わるのを待って、信長が上機嫌で笑う。

「では、中食の用意をいたせい！」

大広間にいくつもの料理を並べた懸盤《かけばん》を持った桃色の小袖姿の女中が幾人も現れ、濁酒《どぶろく》の入った徳利《とっくり》と一緒にそれぞれの前に置いていった。

和やかな雰囲気で始まった中食を取りながら、信長と元康は今後の戦略について細かく話し合う。

その途中、信長は十河に聞く。

「十河、例の臼《うす》は、出来そうか？」

無論、信長が単なる餅《もち》つき用の臼作りを十河に依頼するはずはない。

「かなり難航していると聞く。あれについては小平太が長となって、たたら師と鋳物師と一緒に試行錯誤しているようだが……」

「小平太に『なんとしても完成させよ』と伝えよ、十河。今年の秋に美濃を落とす。その時には必ずや、あの臼が必要になるからのぉ」

ニヤリと笑う信長に、十河は気乗りしない様子で応じる。

「あぁ……小平太にはそう伝えておく」

この信長からの頼みごとだけは、十河は気が進まなかった。

「今年の秋に、美濃を落とされると？」

元康は「さすが兄上」といった尊敬した顔で聞き返す。

「犬山《いぬやま》周りの国人《こくじん》と西美濃の連中の調略は、木下藤吉郎が進めておる。残るは斎藤龍興《さいとうたつおき》が籠《こも》る稲葉山城の周りのみじゃ」

「ですが、かの城は『難攻不落』と聞き及んでおりまするが？」

信長はフンッと鼻を鳴らして笑う。

「わしも何度も煮え湯を飲まされたわ。稲葉山城は急峻《きゅうしゅん》な稲葉山の山頂付近に造られた山城での。籠城《ろうじょう》されては手も足も出ん」

元康は籠城されるとどうなるかを知っていた。

「攻囲に時間が掛かりますれば、どこからか援軍が参りましょう」

「その通りじゃ。越前一乗谷《えちぜんいちじょうだに》から、遠路はるばる憎き『朝倉《あさくら》』が駆けつけてきよる。そうなっては攻囲を解き、再び洲俣まで戻らねばならぬ」

元康は困ったような顔でため息をつく。

「あの城は目の上のたん瘤《こぶ》ですな」

だが、信長は自信に満ちた顔を向ける。

「だがな、今回は策があるのじゃ。まぁ見ておれ、元康。わしの手並みを」

「はっ、兄上の戦いぶり、とくと拝見させて頂きまする」

元康が頭《こうべ》を垂れると、信長は懸盤の中で一際大きな焼き魚を指差す。

「この魚は今朝、熱田で獲れたものであるぞ。うまいから喰《く》え、喰え、元康」

「ほぉ、尾張では朝に熱田で獲れた魚を、清洲で昼に食せまするか」

「鉄道があらば、朝飯前のことよ」

魚に箸《はし》を伸ばしながら、元康は十河を見る。

「本当に凄《すご》いものじゃな、鉄牛というものは……」

「凄いものでもない。鉄道とは『人と物を安全、正確に運ぶ』だけのものだ」

十河が謙遜《けんそん》して呟くと、元康は微笑む。

「國鉄守殿は、凄いことを簡単に言われる」

　そこで信長は「そうじゃ」と膝を打つ。

「元康が三河を平定し、わしが美濃から近江《おうみ》を獲れた暁には、間に鉄道を敷いてはどうか？　物が行き交い商いが流行ってそれぞれの国が豊かになる。それにの……」

　そこで一拍おいた信長は、元康に小さな声で囁く。

「どちらかに敵が迫った時、鉄道があらば援軍をすぐに送れるのじゃ」

　元康は「ほぉ」と感嘆の声をあげて目を輝かせる。

「それは頼もしゅうございますな。いや、是非ともそうして頂きたい。それが叶《かな》いましょうか？　國鉄守殿」

　信長と元康に見つめられた十河は自信を持って頷き応える。

「無論だ。國鉄の目的は『天下布設』だからな」

　顔を見合わせた三人は、大きな声で笑い合った。

二章　金生山《かなぶやま》

清洲同盟より半年ほど経《た》った、一五六三年（永禄六年）の夏頃《ごろ》。

今川氏と袂《たもと》を分かった元康は、名を「松平家康」と改名していた。

國鉄は春から熱田港〜常滑港〜伊良湖《いらご》港へ毎日一往復する「熱伊《あつい》連絡船《れんらくせん》」を伊勢船で就航させて旅客の取り扱いを始めた。

この結果、銭さえ払えば羽栗から清洲を通って熱田へ鉄道で出て、そこから連絡船を使って渥美半島まで関所の通行料をとられることなく移動が出来るようになった。

商人というものはいつの時代も賢く、こうした交通網が出来れば勝手に弁当屋、宿屋、雑貨屋、居酒屋などを沿線に開業し、大きな荷物を背負った行商人が渥美半島で作られた干物を清洲で、羽栗で穫《と》られた野菜を渥美半島で売った。

旅客のいない貨物船は國鉄の管理するところではなかったが、常滑から岡崎へ耐火レンガを運ぶ船は、渥美半島に寄って砂鉄を仕入れてから熱田へ戻ってくるようになり、空荷で航海することが減って船頭らの利益が増えた。

渥美半島から採れる砂鉄の量は多くはなかったが、それでも安定して入ってくる貴重な材料供給地となった。

そんな時、十河《そごう》は信長より命令を受けた。

「大垣《おおがき》までせんろ～を延伸せよ」

今まで敵対していた美濃西部へ線路を延ばすことに十河は不安を感じたが、

「美濃三人衆どもとは、藤吉郎が話をつけておる」

とのことだった。

秀吉と十河によって造られた洲俣城には、毎日のように尾張からの多くの物資が鉄道によって供給され、砦《とりで》の建造物は全《すべ》て耐火レンガによって強化されていた。

更に縄張りも拡張して長良《ながら》川から引き込んだ水を満たした堀を周囲に巡らし、秀吉が約三千の兵と共に常駐していたことで、西美濃においては「難攻不落」との噂《うわさ》が立っていた。

信長が「美濃を攻略するには、洲俣に足掛かりとなる城を築かねばならぬ」と言ったのは正鵠《せいこく》を射ていた。

洲俣城は美濃に楔《くさび》を打ち込み東西を分断する位置にあり、西美濃と東美濃の連絡に障害を生じさせることに成功していたのだ。

美濃の中心であり斎藤氏の居城の稲葉山城は、洲俣から北東に約十二キロ離れていたが、大垣城は地域の者より「キツネの普請にて一夜で建った」と噂される不気味な洲俣城から、西にたった五キロしか離れていない。

つまり、大垣城主「桑原直元《くわはらなおもと》」は、洲俣城から信長の大軍が出撃してきた場合、数刻もしないうちに取り囲まれる状況にあった。

桑原直元は「美濃三人衆」と呼ばれる斎藤氏の優秀な家来で、長く美濃を守ってきたが、領主が「斎藤龍興」となったことで忠義心が揺らいだ。

斎藤道三《どうさん》以来、優秀な領主が続いた斎藤氏だったが、三代目の龍興は耳触りのいいことしか言わぬ側近を寵愛《ちょうあい》し、酒と色香にまみれ国政を顧みない無能者であった。

そうした行いを咎《とが》めた桑原直元、稲葉良通《よしみち》、安藤守就《あんどうもりなり》といった美濃三人衆や竹中重治《たけなかしげはる》らを遠ざけ、洲俣に城が出来たことについても「余のせいではない」と、龍興は現実を直視せず、なんら手を打とうともしなかった。

腹心の部下であった竹中重治は、本年二月六日白昼に突如反旗を翻し少数の軍勢をもって稲葉山城を襲い、なんと領主の龍興を逃亡させてしまった。

重治は三か月ほどで、

「龍興に反省を促すために、一時、城を預かったまでのこと」

と、城を明け渡したのだが、こうした事件もあったことから、美濃では「斎藤氏離れ」が一気に進んでいた。

その状況を捉《とら》えた信長は戦を仕掛けることなく「美濃三人衆を調略せよ」との命令を洲俣城の木下藤吉郎に下し、その調略が上手《うま》く運んだということだった。

美濃三人衆を「調略した」と報告された信長は珍しく上機嫌となり、藤吉郎は大層褒められて、かなりの褒美をもらえたと聞いた。

更に信長は、藤吉郎に対し、

「三人に『忠義が本物である証《あかし》として、領内に自由にせんろ～を敷くことを承諾せよ』と、申し渡してこい」

と、命じたとのことだった。

桑原直元は「大垣城」、稲葉良通は「曽根《そね》城」、安藤守就「北方《きたがた》城」の城主であり、この三人が味方となったことで、長良川から西側の地域の安全が確保された。


そのような状況から十河は、洲俣から大垣へ向けて延伸工事を開始する。

ただ、長良川を越えて入る美濃での延伸工事は、困難が予測された。

それは、美濃の街道は尾張に比べて、半分ほどの幅しかないものが多かったからだ。

長良川からの線路工事の指揮をマッチョの藤井《ふじい》正博《まさひろ》に任せて、十河と石田は線路敷設《ふせつ》予定の街道を測量するつもりで、大垣までスーパーカブを二人乗りで走らせていた。

無論、美濃の住民らは原付など見たことはなく、タタッと軽いエンジン音をたてながら首のない馬に跨《また》がる二人に「キツネの類《たぐい》か⁉」と目を見張った。

この時代、国を越えての移動をするのは商人だけで、尾張で「鉄の牛が走っているそうじゃ」という噂を農民らは耳にするが、実際に見に行くことはない。

故に新たに国に入る度に、十河達は驚かれることになった。

川から大垣城下までは、スーパーカブで約十分といったところだった。

「あれが大垣城でしょうか？」

後ろに乗っていた石田は、街道の左に見えていた板壁に囲まれた建物を指差す。

石田の疑問はもっともで、元々の砦のようだった清洲城と比べたとしても、あまりにも小さくて貧相な城だったからだ。

縄張りも狭く城を囲む堀は浅くて、周囲にある城下町を守る板壁もなかった。

「尾張以外では、こうした城が普通なのだろう」

大垣城は尾張でいえば「最前線に作る簡易砦」といった雰囲気で、板塀の中には弓兵が立つ物見櫓《ものみやぐら》が二つくらい立っている程度だった。

「こんな状況なら、信長と和睦《わぼく》する気持ちも分かりますね」

石田はフッと笑う。

「不気味な耐火レンガ造りの城が五キロ先にあるのに、このような平城では心細くもなるだろう。信長が何度か攻略に失敗した難攻不落の城と聞く、稲葉山城にいる斎藤龍興にとっては怖くないだろうがな」

そこでバイクを停《と》めて下車した二人は、地図を取り出して位置を確認する。

「大垣城と城下町が街道の左にありますので、ここで少し右へカーブさせて東海道本線と同じように町の北側を通ることになりそうですね」

石田が敷設予定経路を指で追って見せた。

「では、その辺に作ることになりそうだな、大垣駅は」

大垣駅建設予定地を見た石田は、その先に見えたものに驚く。

「なんですか⁉　あの白い山は……。あんなものが大垣近くにありましたか？」

五キロほど先には、東西約一キロ、南北約二キロの標高二百メートル程度のなだらかな白い斜面を持つ丘陵が見えていた。

石田は地図から読み取る。

「金生山？」

十河は思い出すように呟《つぶや》く。

「金生山？　階段状になって見えていた石灰山のことか、美濃赤坂《あかさか》駅の近くにあった」

東海道本線を走っていると、右側の車窓に山頂から階段状に削り取られてしまった無残な山があることは、名古屋工場の保線区の者なら誰《だれ》でも知っていた。

金生山がその大部分を削り取られたのは、明治から昭和初期にかけてで、現代では山の一部しか残っていなかった。

「まだ戦国時代では金生山の価値に気がついていないので、石灰石の採掘が大規模に進んでいないようですね」

少し考えた十河は、金生山の麓《ふもと》を指で差す。

「では『金生山駅』まで延伸しておこうか」

石田も十河の考え方には賛成だった。

「今は雨期になる前に解体していますが、木曽川と長良川に一年中使える橋を架けるには、橋脚に大量のコンクリートが必要になりますからね」

石田は微笑んで続ける。

「きっと、大垣の領主である桑原直元には、どうして我々が辺鄙《へんぴ》な山の麓まで線路を延伸するのか分からないでしょうが」

「きっと、邪魔にしか思っていないだろう、畑一つも作れぬ山など」

「でしょうね」

「では『國鉄が金生山を掘り、そこから出た石を欲しがっている』という内容を、信長から藤吉郎を経由して直元に伝えてもらうようにしておこう」

そこで二人は西を見つめる。

「この先は……垂井《たるい》、関ケ原《せきはら》ですね」

その地名は線路を建設する者にとって特別な意味がある。

「あぁ、日本の線路の中でも、有数の『難所』だ……」

左右の山々が逆三角形型に狭まっていき、やがて立ちはだかるように見えていた青い山々を二人は睨《にら》みつけた。

◇

大垣城主・桑原直元は、

「あんな石山なぞ、好きに使こうて構わぬ」

と、國鉄にあっさりと金生山の採掘許可を出した。

予測通り金生山は「山自体が石灰石の塊」といっていい良質の石灰石鉱山であり、露天掘りでも十分に採掘が可能だった。

金生山からは石灰石の他に大理石やベンガラと呼ばれる赤い顔料が採掘出来たが、嬉《うれ》しい誤算は鉄鉱石の鉱脈が残っていたことだった。

「山頂付近の赤い土は毒を含んでおって、なににも使えぬ」

と、地元で忌み嫌われていた場所は、赤鉄鉱の鉱脈が露出しており、東西二百メートル、幅四十メートル、高さ十メートル程度の台形状になっていた。

「そう言えば、金生山の鉄鉱石は終戦近くに全て日本帝国軍により採掘されて、八幡《やはた》製鉄所で武器の材料になった……と聞いたことがありますな」

と、歴史に詳しい磯崎は言っていた。

十河が取り出した石灰石の量に応じて銭を支払ったことで、直元はことのほか喜び、線路建設や金生山の採掘に大垣の勢子《せこ》を手配してくれたり、線路敷設用の土地を支援してくれるようになった。

こうした原材料を鉄道で熱田の反射炉へと運ぶため、國鉄は急ピッチで「真東海道本線」の延伸工事を進めた。

とりあえず、雨期が終わって水量の落ち着いた木曽川と長良川に仮設となる橋を架け、羽栗から洲俣を越えて大垣までの線路を敷設し始める。

十河らが新規に延伸工事を行うのは久しぶりのことで、現場には十河、石田、磯崎、藤井といった名古屋工場の保線区の者が顔を出していた。

剣道の達人である高木は反射炉の責任者として動けず、ミリタリーマニアの仁杉《にすぎ》は「おもしろそうだから」と、信長から命じられた「臼《うす》作り」に七転八倒している小平太を手伝うようになっていた。

洲俣に城を築いて以来、約二年間にわたって國鉄の保線作業員となっていた勢子達も「久々の新しい線路建設に力が入るわい」と盛り上がった。

既に四十キロ以上の線路建設に従事してきた勢子の腕は鈍っておらず、大垣の城下町へ向かって毎日確実に延伸工事を行う。

十河らは軌道モーターカーにトロッコを連結させた工事用列車を編成して、軌陸型油圧ショベルを使って長良川から砂利を採取し、それを街道脇《わき》に運んで道幅を拡張した。

クローラー装備のパワーショベルである軌陸型油圧ショベルは、線路上も走れるように下部にアタッチメントが取りつけられている。

勢子らは運ばれてきた砂利で整地して枕木《まくらぎ》を敷き、そこに長さ十メール程度になった反射炉製のレールを犬釘《いぬくぎ》で固定していった。


十河は大垣駅建設予定地に、完成後は駅舎として使用することを見越した真東海道本線延伸工事事務所を、木造平屋建てで建設した。

十河達は工事期間中にはあまり熱田に戻らず、ここを中心にして働いていた。

ある日の朝、十河達が、駅舎になった際には駅員室にする予定の土間の会議室で打ち合わせをしていると、外から大きな馬の嘶《いなな》きが響いた。

会議室の真新しい引き戸を開いて入ってきたのは、前に比べて各段に立派な緑の肩衣《かたぎぬ》を着た藤吉郎だった。

「十河殿、久しぶりじゃの」

藤吉郎は出世しても変わらない、くったくのない笑顔を見せる。

國鉄を運営する十河と洲俣城主となった藤吉郎は毎日のようにすれ違う距離にいたのだ

が、お互いに忙しくなり清洲で行われる軍議が大幅に減ったこともあって、ゆっくりと話す機会が少なくなっていた。

だから、こうしてわざわざ大垣の工事事務所に、藤吉郎が顔を出すのは珍しいことだった。

「藤吉郎ではないか、久しぶりだな」

「いや、なに……その、近くまで来たのでなぁ」

目を泳がせた藤吉郎は、あいそ笑いをしながら応《こた》える。

喜怒哀楽がハッキリしている藤吉郎は、思いが顔に出やすく読みやすい。

そこで、十河はフッと笑う。

「困ったことでもあったか？　藤吉郎」

洲俣城築城の時に一緒の釜の飯を食っていたこともあって、二人は同僚と言っていいような仲だったが、藤吉郎は「十河に救われた恩がある」という想《おも》いがあるらしく、いつも腰の低い感じで接してくる。

「いや～さすがは十河殿。なんでもお見通しじゃな」

あっさり兜《かぶと》を脱いだ藤吉郎は、頭の後ろを二、三度叩《たた》いてから続ける。

「少し困ったことになっておりましてなぁ～」

藤吉郎がそう言いながら会議室内を見回すと、石田が気を使う。

「十河検査長、自分達は先に現場へ向かいます」

「あぁ、頼む。磯崎だけは残ってくれ」

十河は「歴史的な知識が必要になるかもしれない」と考えたのだ。

石田に続いて歩くマッチョの藤井がヘルメットを頭に被《かぶ》る。

「よっしゃ、今日もガンガン線路を敷設するぜっ」

一日二往復しか列車が走らず傷みの少ない線路の保守管理で退屈していた藤井も、延伸工事に気合が入っていた。

引き戸が閉められると、会議室には十河、磯崎と藤吉郎だけになる。

「それで？　困りごとというのは」

藤吉郎は小さなため息をついてから話し出す。

「十河殿は美濃斎藤氏の家臣であった『竹中重治』をご存じでござるか？」

「竹中重治……」

十河が呟くと、磯崎が応える。

「竹中重治は美濃斎藤氏の最も優秀な家臣で、つい先日も少数の兵で稲葉山城を奪い取り、主君斎藤龍興を追い出したキレ者ですな。重治というよりも『半兵衛《はんべえ》』という通り名の方が、よく知られていると思いますが……」

「それならば聞いたことがある、竹中半兵衛ならば」

藤吉郎は小さく頷く。

「さすが磯崎殿は、いつもながら物知りじゃ。その半兵衛殿じゃが、占拠してから三か月ほどで龍興に城を返し、ここから南西へ二里ほど行った栗原《くりはら》山の麓に小さな庵《いおり》を開いて、春からはそこで隠居生活をしておるのじゃ」

藤吉郎は困った顔をしていたが、磯崎は楽しそうに微笑《ほほえ》む。

「ほぉほぉ、半兵衛殿は隠居中でありますか。では藤吉郎殿が『部下になってくれ』と、何度も頼みにいっておる最中でございますな」

藤吉郎は顔をハッとさせて驚く。

「どうしてそのことを⁉」

「わしは物知りじゃからな」

得意気に鼻を鳴らした磯崎は、子供のような笑みを見せる。

「そういうことなのじゃ磯崎殿、十河殿」

藤吉郎が二人の顔を交互に見て続ける。

「お屋形様は少数の兵で稲葉山城を占拠した時、半兵衛殿のことを『美濃一国をくれてやるから、わしの元に降《くだ》らぬか』と誘ったくらいに気にいっておってな。隠居しておると聞いて『織田の家臣になるよう説得してこい』と命令されたのじゃ」

悩みを全て話した藤吉郎は、再び大きなため息をつく。

「そういうことか……」

真剣な顔で十河は返事したが、磯崎は相変わらずニタニタ笑っている。

「それで藤吉郎殿。半兵衛殿の庵に足を運ばれましたのは、何回ですかな？」

「庵に行った回数？　それを聞いてどうするのでござる」

藤吉郎は戸惑っているが、磯崎は気にせず続ける。

「いいから、いいから。今までに何回行ったか教えよ」

藤吉郎は嫌そうな顔をしながら、右手の指を二本出して見せる。

「二回でござる。そして、今日は三度目に伺う予定なのじゃが……」

磯崎は「ほぉほぉ」と頷く。

「一度目も二度目も、半兵衛殿は顔を出してくださらんかった。じゃから……このまま伺っても『門前払い』となろう……こたびも」

両肩をがっくり落とした藤吉郎は、十河の顔を真剣な表情で見つめる。

そして、髷《まげ》を結った頭を勢いよく下げた。

「十河殿、この通りでござる。わしと一緒に半兵衛殿の庵に行き、お屋形様の家臣となってくれるよう、一緒に頼み込んではくださらぬか？」

思ってもみなかった藤吉郎からの頼みごとに、十河は戸惑って聞き返す。

「私が一緒に？」

「わしのような小者一人では埒《らち》も明かぬが、尾張の『國鉄守』として名の響く十河殿が一緒に来てくだされば、半兵衛殿もせめて門前払いにはしますまい」

「……だろうか？」

十河にはそんな自信はなかった。

半兵衛は斎藤家の右腕として戦ってきた武士であり、戦において大した実績を持たぬ自分が行ったところで、どうかなるとは思えなかったからだ。

磯崎は十河を後ろへ引っ張り、藤吉郎には聞こえないくらいの小さな声で囁《ささや》く。

「……一緒に行ってきてください、十河検査長」

「……だが、私が行ったとしても――」

磯崎は言葉の途中で遮る。

「……大丈夫です。上手くいきますから」

十河は目を細めて磯崎に聞く。

「……どうして、そんなことが言える？」

「……今日が三度目ですから」

「……三度目？」

磯崎は頷いて微笑む。

「……三国志の『三顧の礼』と同じで、竹中半兵衛は藤吉郎が三回訪ねてきた時に初めて出迎え『信長は嫌いだから、藤吉郎の部下になろう』と言うのです」

そこで十河は初めて理解した。

「……これは有名な事柄なのか？　歴史的に」

「……そういうことです。ただ……これも『噂』とも『作り話』とも言われておりまして、真実はよく分からぬ出来事なのです」

歴史的事件に立ち会えそうと分かって、磯崎はテンションが上がっていた。

磯崎の説明に納得した十河は、元の位置へ体を戻して咳払《せきばら》いをする。

「分かった、藤吉郎。半兵衛殿の庵へ同行させてもらおう」

一気に顔をあげた藤吉郎の目は、嬉し涙で潤んでいた。

「本当でござるか⁉　十河殿」

「だが状況は変わらんかもしれんぞ、私が行ったところで」

走り寄った藤吉郎は、十河の両手をとって自分の手で包み込む。

「心配ござらぬ。十河殿さえ来てくだされば、百人力！　きっと半兵衛殿は出てきてくださり、お屋形様の部下になってくださる」

「ならばいいが……」

自信の持てない十河は、苦笑いで応えた。

「では、すぐにでも参りましょうぞ」

上機嫌となった藤吉郎が十河の手を引いて歩き出すと、磯崎は立ち止まったまま笑って見送る。

「一緒に行かないのか？　磯崎」

「余計な者が行っては歴史が変わるかもしれませんからな。今回は大人しく待っておることにいたしますので、後で話を聞かせてくださいい、十河検査長」

テーブルに置いてあった國鉄のヘルメットを十河はひっつかむ。

「分かった。では、あとを頼む」

返事と同時に引き戸を潜《くぐ》り抜け、待合室用の部屋を通って駅前広場に出た。

駅前には「馬繋《うまつな》ぎ」と呼ばれる馬の手綱を繋いでおく、物干しのように木を組んである場所があり、藤吉郎はそこに繋がれていた栗毛《くりげ》の馬に素早く跨《また》がる。

十河はその近くに停めておいたスーパーカブにキーを挿して回し、右下にあるキックスターターに体重をのせて蹴《け》り込んだ。

ストトという音がしてエンジンが回りだしたら、藤吉郎に合図する。

「いいぞ、藤吉郎」

「では、ついてきてくだされ」

藤吉郎は「はっ」と声をかけて馬腹を蹴ると、まずは馬首を南へ向けて土が固められた田舎道を駆け出した。

そこで、十河も藤吉郎の馬を追うようにして走り出す。

馬の速度は時速二十キロ前後といったところで、スーパーカブなら余裕を持って追いかけられた。

ただ、尾張と違って、美濃では馬の方が有利なところがある。

そもそも美濃は街道でも整備状況が悪く、町中ならいざ知らず人里を離れれば単に「通行人が踏み固めただけ」という程度の道が多い。

線路を敷設しているような大きな街道筋から、村へ通ずる道に入り込んでしまうと、道は左右上下に大きくうねっていた。

「これはまるで林道だな。オフロードバイクで走るような」

貴重なスーパーカブを壊さないようにと、十河は藤吉郎の走った地面の状況を見つつ慎重に道を選んで追いかけた。

國鉄には「燃料を補給出来ない」という問題が残っていた。

時速三十キロくらいで走れば、燃費が一リッター六十キロから七十キロ程度走れるスーパーカブならあまり気にならないが、線路敷設作業に使用しているモーターカーはディーゼルエンジンを搭載しており、軽油を大量に消費する。

名古屋工場地下にあった燃料タンクも一緒にタイムスリップしたため、ガソリンと軽油を合わせて約四十五キロリットルあったが、それは日々目減りしている。

そのためディーゼル機関車であるDD16形は、C11形蒸気機関車より高性能であるのにもかかわらず動かせないでいるのだ。

「やはり……レールの次は、石油が必要になるか」

十河はそう考えていたが、タイムスリップする前の一九八七年頃の日本でも石油がふんだんに採れていたわけでない。ましてや戦国時代においては、高度なボーリングマシーンが必要になる採掘などを含めて難しいように思われた。

そんなことを考えながら十数分走っていくと、木が生い茂った金生山と同じ規模くらいの丘陵が迫ってきた。

「どの山にも針葉樹が少ないな」

それは磯崎から聞いた話だか、戦国時代の山は手をあまり入れておらず「多種多様な木が生えている」とのことだった。

日本からそういった雑木林が消えて、山地が針葉樹ばかりになったのは、戦中から戦後にかけての物不足の影響だ。

戦後復興用に資材や燃料として森林を伐採し過ぎて荒廃してしまい、全国に出現したハゲ山による自然災害が増加したのがきっかけで、天然林伐採跡地への植林活動が推進された。

その際、建築資材として加工しやすく高値で売れるスギやヒノキを植えたわけだ。

青々とした葉を持つ木々が生えている山の麓を流れる川べりに、昔話の絵本にでも出てきそうな藁葺《わらぶ》き屋根の小さな庵が建っているのが見えた。

藤吉郎は馬を走らせ、庭に入ったところで止めたので、十河もその横にスーパーカブを置いた。

馬から飛び降りた藤吉郎が、手綱を近くの木に巻きつけて微笑む。

「ここが半兵衛殿の庵じゃ」

庵の障子や戸は開け放たれているが、人気《ひとけ》はなく誰も出迎えには出てこない。

横幅十メートルの庵の壁は土塀《どべい》と板によって作られていて、玄関と思われる戸の中には土間があり、その左に田の字形に四間ほどの板間があるようだった。

屋根を覆う藁葺きはある程度傷んでいたことから、この庵は新しく建てたものではなく古いものを改装して作られたようだった。

十河と共に歩いて玄関に立った藤吉郎は、大きな声を出す。

「頼もう～竹中重治殿。お願いしたい儀がございまする」

周囲からは虫と野鳥の声しか聞こえて来ない。

そこで、藤吉郎は作戦を変更する。

「本日は尾張の國鉄守、十河殿も一緒に来ております。どうか、お顔だけでも拝見願えませぬか？」

十河は「そんなことでは……」と半ば諦《あきら》めていたが、突然奥の方から抜けるようによく通る若い男の声が返ってくる。

「尾張の國鉄守が来ていらっしゃると？」

姿は見えなかったが、声がしたことで藤吉郎は笑顔になる。

「そうでございます。半兵衛殿、話を聞いてはもらえぬであろうか？」

「しばしお待ちください」

すぐに廊下を足音荒く歩く音が響き、左の板間の前にあった縁側に、凛々《りり》しく髷を結った、薄い水色の小袖《こそで》に紺の括《くく》り袴《ばかま》、といういで立ちの青年が現れた。

十河は心の中で「竹中半兵衛も若いな」と思った。

斎藤氏の右腕として活躍していたと聞いていたので、てっきり三十か四十くらいの者を想像してしたが、半兵衛も松平家康と同じくらいの二十歳《はたち》前後と思われた。

髭《ひげ》がなく細い目を持つ優しい顔立ちの竹中半兵衛は、織田の家老達とはまったく雰囲気が違い、現代なら高校の教師でもやっていそうな柔和な面持ちだった。

だが、この男が将来、秀吉の軍師として有名になる竹中半兵衛と知らなくとも、頭がキレるであろうことは、体全体から醸し出される雰囲気から感じとれた。

半兵衛は構えることなく、縁側にすっと胡坐《あぐら》をかいて座る。

そこへ走り寄った藤吉郎は、腰を低くして頭を下げた。

「ごめんつかまつる。わしは織田上総介《かずさのすけ》信長にお仕え申す、木下藤吉郎にござる」

「やはりそうでしたか」

半兵衛は驚くこともなく、まるで学者のように落ち着いた物腰でしゃべった。

少し後ろに控えた十河は軽く頭を下げる。

「信長より國鉄守を仰せつかっている、十河拓也だ」

座ったままだったが、半兵衛はおもむろに上半身を前に倒す。

「それがしは竹中重治と申します。皆は半兵衛と呼びますが……」

照れるように微笑んだ半兵衛は、頭を下げたままの藤吉郎を見ることなく、十河を見上げるようにして見つめて続ける。

「ほぉ、あなたが國鉄守の十河殿ですか。一度会って話を聞いてみたかったのです」

おだやかに話す言葉は、とても丁寧で聞き取りやすかった。

「私はお供だ。藤吉郎のな」

まだ頭を下げたままの藤吉郎を見てから、半兵衛は不思議そうな顔をする。

「尾張では身分にかかわらず『能力次第で出世が叶《かな》う』と、お聞きしておりましたが……どうも違うようですね」

「というと?」

「某《それがし》が尾張の領主なら十河殿を将にして、全ての者をその与力といたします。さすれば、あっという間に乱れた世が終わりましょう」

初対面にもかかわらず、半兵衛は十河にそんなことを言った。

「私は列車を走らせることしか出来ん、お褒め頂き恥ずかしい限りだが……」

そう言う十河に、半兵衛は続ける。

「では、その列車を『走らせることしか出来ぬ』とおっしゃった十河殿に、一つ聞きたいことがあるのですが、よろしいか？」

「私に話せることであれば、いいのだが……」

十河が微笑むと、半兵衛は笑い返す。

「某に『キツネの普請』について教えて頂けませんか？」

「あぁ、洲俣城のことか」

半兵衛は首を縦に振る。

「ええ、某の凡庸な頭では『洲俣に一日で城を造る』ことなど、考えも及びませぬ。それゆえ、どうか後学のために、いかにして一夜で城を建てたかを教えて頂けましたらと……」

少しだけ躊躇《ちゅうちょ》したが、十河は話すことにした。

それは「話したところで、誰にもまね出来まい」と考えたからだ。

「簡単に言えば……『城造りの資材を鉄道で運んだ』だけだ」

「ですが、鉄道とやらは専用の道が必要と、噂に聞きましたが？」

「木と鉄板の線路を予《あらかじ》め羽栗で大量に作っておき、多くの勢子達を使って一晩のうちに木曽川から洲俣まで敷いたのだ」

半兵衛は感心して何度も頷く。

「なるほど、そういう手で一晩にして城を建てたのですね……」

「大したことではない。鉄道を使えばな」

「わしも大いに手伝わせて頂いたのでござる」

藤吉郎が声をあげたが、半兵衛は話し掛けようともしない。

「やはり十河殿は私なぞ足元にも及ばぬ軍師ではありませんか。そのうち日本中の戦上手が十河殿の話を聞こうと集まってきましょう」

「そう言われてもな……私は単なる保線屋だ」

ますます十河に興味の出てきた半兵衛が、

「それでは、桶狭間での戦いでは――」

と言いかけると、痺《しび》れを切らした藤吉郎が、腰を曲げたまま顔だけで見上げる。

「ごめんつかまつる、竹中殿」

分かっていたはずだが、半兵衛はやっと気がついたように応える。

「これは木下殿、どうかされましたか？」

「本日はお願いの儀があって、参ったのじゃ」

半兵衛は藤吉郎の狙《ねら》いを見透かすように聞く。

「織田信長の重臣と聞く木下殿が、どのようなご用件で我が庵を三度も訪ねて参られたのです？」

体を起こした藤吉郎は、改めて半兵衛に頼み込む。

「竹中殿は美濃一の……いや、尾張……いやいや、日ノ本一の知恵者であるとのお噂が響いております」

「別に私が広めたわけではないし、美濃を大きくしたわけでもありません」

藤吉郎は「いやいや」と大きく手を振る。

「何度も織田軍を翻弄《ほんろう》させた戦いぶり、主君斎藤龍興を少数の兵で追い出し、難攻不落の稲葉山城を一刻で落とされた手腕。あのようなことが他の誰に出来ましょう」

そんな藤吉郎の話を聞いていた半兵衛は、つまらなそうにため息をつく。

「そのようなおべっかは、もう結構です。用件をおっしゃってください」

皆から「人たらし」と呼ばれる藤吉郎は、半兵衛を褒めちぎることで気分を良くさせて、それから本題にかかろうと思っていたのに違いない。

だが、変わり者といっていい半兵衛に、そうした手は通用しなかった。

話を止められてしまった藤吉郎は、気まずそうに十河を見てから咳払いをする。

「では、単刀直入に言わせて頂く。竹中殿、是非ともお屋形様の——」

言葉を全て聞くことなく、半兵衛はそこまでで切った。

「断ります」

あまりの早さに、藤吉郎は思わず「へぇ!?」と情けない声をあげた。

「某は西美濃三人衆のように昨日までの主君を裏切って、今日より美濃を攻める手伝いなぞ出来ません」

強烈に拒絶されたが、藤吉郎も信長から命令されている以上、この程度で「分かり申した」とは引き下がれない。

「でっ、では！　美濃との戦には加わらず、それ以降の戦にてお屋形様の覇業のお手伝いをして頂くということでは、いかがでございましょうか？」

半兵衛は間髪容《い》れずに打ち返す。

「某は、あまり長生きするつもりはありません」

「なっ、長生きをしとうないのですか!?」

戸惑う藤吉郎に、半兵衛は決定的なことを言い放つ。

「なにより、信長が嫌いですから」

それには、さすがの藤吉郎も絶句してしまった。

褒美や禄《ろく》、地位など条件次第で臣下になるというならば交渉の余地があるが、仕えるべき人物が「嫌い」となれば、説得のしようがない。

狼狽《うろた》えてしまった藤吉郎は、一歩、二歩と後ろへ下がる。

そこで、半兵衛は十河に聞く。

「十河殿は好きなのですか？　信長のことが」

「私は信長のことを好きとも、嫌いとも思っていない」

「では、どう思っているのです？」

十河はヘルメットのズレを直す。

「私には十分なのだ、信長は。鉄道の有効性を理解して、國鉄が全国に線路を敷くことを許してくれるからな」

半兵衛は真剣な目で十河に聞く。

「たとえ、鉄道が信長の戦に使われることになっても……ですか？」

少し考えた十河も真剣な目で見返す。

「平和な場所でこそ意味があるものなのだ、鉄道というものは……」

首を傾《かし》げている半兵衛を、十河は見下ろして続ける。

「私は平和な世で人と物を運びたい。全国に敷いた鉄道でな」


背筋を伸ばした半兵衛は「ほぉ」と感嘆の声をあげる。

「そういった世を早く迎えられるのならば、戦への協力も仕方あるまい。義を大事にする半兵衛殿の考えも理解は出来るが、それで平和な世は来るのか？」

そんな十河の話を聞いた半兵衛は、小さく首を縦に振る。

「それも一理ありますね。今の世には大事なことかもしれません」

すっかり肩を落としていた藤吉郎が聞き返す。

「どういうことでございますか？」

「戦に強い者ほど戦を好み、それが我が身を滅ぼし民への災禍となるのです。そのような者ばかりが群雄割拠するので、このような世になっておるのでしょう？」

「たっ、確かに……そうかもしれませぬな」

藤吉郎は素直な思考の持ち主で、我の考えを押し通そうとしない。

だから、こうして意見が理解出来た時は、素直に納得する。

そこで十河が半兵衛に告げる。

「私は誰が好きとか嫌いでは生きてはいない。『誰が最も早く世を平和にしてくれるのか?』……その答えが今は『織田信長』ということなのだ、半兵衛殿」

「よく分かりました、十河殿」

そう呟いた半兵衛はさっと両腕を組んで、静かに目を閉じて考え込む。

そうした行動を見ながら(磯崎からは行くだけで上手くいくと聞いていたが、こんなことになってしまってよかったのか?)と十河は心配になる。

藤吉郎は完全に落ち込んでしまい、為《な》す術《すべ》がないような雰囲気だった。

半兵衛が目を瞑《つぶ》っているのに二人だけで話すわけにもいかず、十河と藤吉郎は縁側前に立ったまま少しだけ待った。

目が合うと、藤吉郎は困ったような顔をする。

十河は(半兵衛が信長の臣下になるのは、先のことなのかもな)と思っていた。

史実では美濃攻略戦の最中に起きたことかもしれないが、名古屋工場がタイムスリップしてきた時点でこの世界はパラレルワールド、いわば別世界となっており、歴史的に有名な事柄も日付が動いていたからだ。

その時、ぱっと目を開いた半兵衛が、自分の膝《ひざ》を手で叩いて叫ぶ。

「決めました! なりましょう」

藤吉郎が喜んで聞き返す。

「竹中殿、信長様の家臣になって頂く件、ご承知頂けますするのか⁉」

「そんなことは、まったく言っておりません」

意味が分からない藤吉郎は首をひねる。

「では……なにになられますので？」

すると、半兵衛は白くキレイな右手を伸ばして十河を指す。


「某は十河殿の臣下ならばなりましょう」


そう言われて、藤吉郎は顎《あご》が外れんばかりに驚く。

「なっ、なんですとっ⁉　お屋形様の臣下ではなく、十河殿の臣下に⁉」

予想外の展開に十河は戸惑う。

「いや、私は臣下など持つつもりは……」

だが、半兵衛は意気揚々とした顔をしている。

「信長は嫌いですが、十河殿の考えには聞き惚《ほ》れました。ですので、十河殿が『國鉄を手伝え』とおっしゃるなら仔細無い身の上、命も長くはありませんが、命ある限り勤めさせて頂きたいと存じます」

困った十河は、頭に手をあてながら藤吉郎を見る。

「どうする？　藤吉郎」

「どうするもなにも……それではお屋形様が――」

そう呟いたところで、藤吉郎は「そうじゃ！」と声をあげる。

「竹中殿、改めてお願いの儀がござる」

なにか策を思いついたらしく、藤吉郎の目には自信が漲《みなぎ》っていた。

「なんですか？　藤吉郎殿」

「わしはお屋形様より『竹中重治殿を臣下として迎えるように』との命令を受けております」

「それは私のあずかり知らぬ話です」

藤吉郎は手を開いて「まぁまぁ」と笑う。

「さすがに武士でもなく、戦とは縁遠い『十河殿の臣下になった』となっては、お屋形様も激怒してしまうやもしれませぬ。そこで、ものは相談なのでございますが……ここは『わしの臣下』というところで、手を打ってはもらえぬでありましょうか？」

半兵衛は不審そうな顔をする。

「木下殿の臣下ですか？」

半兵衛の顔を見据えながら、藤吉郎はしっかり頷く。

「そうでございます。ご不満があるのは重々承知しておりますが、わしも三度ここへ訪ねて参っておりますゆえ、『十河殿の臣下となった』となってしまっては、周囲の者に対して面目《めんぼく》が立ちませぬ」

「確かに……それにも一理はありますね」

藤吉郎は再び腰から折り曲げて頭を下げる。

「それゆえ、何卒《なにとぞ》、ここは『藤吉郎の臣下』ということで手を打ってもらえませぬか？　ちゃんとわしから禄の方は出させて頂く。それに戦の時以外はわしのところにおらず、國鉄の方へ勤めてもらってもかまわぬゆえ」

その提案に賛成だった十河も助け船を出すことにする。

「そうしてくれないか、半兵衛殿。私も助かる」

少しだけ考えた半兵衛は「分かりました」と納得した。

「では、ここは三度訪ねていらした木下殿の顔を立て、そうしましょうか」

ぱっと体を起こした藤吉郎は、満面の笑みを浮かべて半兵衛の手を両手で握る。

「竹中殿！　かたじけない、かたじけない……」

「止《や》めてください。今日より十河殿と木下殿の臣下の身。お二人とも某のことは『半兵衛』とお呼びくだされ。そうでないと、周囲の者に変に思われます」

藤吉郎は嬉しそうに何度も頷く。

「分かった、分かったぞ、半兵衛。よろしくお願いいたしまするぞ」

また泣きそうになっている藤吉郎を見ながら、十河はほっとしていた。

三章　稲葉山城攻略

金生山《かなぶやま》までの線路は無事に完成し、日を追うごとに石灰石や鉄鉱石、ベンガラといった鉱材が名古屋工場の資材置場に積み上げられるようになった。

また信長には「藤吉郎の臣下に……」と報告された半兵衛は、半月もしないうちに熱田に越してきて、名古屋工場に毎日出勤してくるようになっていた。

半兵衛はとても勤勉で、鉄道についての知識ならばなんでも貪欲《どんよく》に吸収し「線路の敷設《ふせつ》の勉強に」と、真東海道本線の延伸工事にも自らハンマーを振って参加していた。

秀吉と違って学者肌の半兵衛は、覚えたことを書物にまとめる力があった。

線路敷設作業は得てして「一人一人の作業員の技量」に頼ることが多く、作業量にバラつきがあったが、半兵衛が「敷設指南書」と呼ばれる工事マニュアルのようなものを作って配布したことで作業の効率化を図ることが出来た。

また、作業の多くを「職人達の勘」に頼っていた反射炉のレール作りも、半兵衛は誰《だれ》もが分かる目安を作って、それを指南書とすることで標準化した。

おかげで日によってバラつきのあったレール製作は安定し、現場から離れることが出来なかった剣道の達人である高木の負担が減った。

そして一五六三年（永禄六年）の秋。

尾張の南では稲刈りが始まった頃《ころ》、清洲では明日より予定されていた美濃侵攻についての最後の戦評定が行われていた。

尚《なお》、秋に他国への侵攻を計画しているような者は、この時代の戦国大名では織田信長くらいのものだった。

歴史に詳しい磯崎からすれば、

「普通、秋は『稲刈り』で忙しいですからな」

ということだった。

信長以外の国では、兵士といっても普段は農民の「半民半兵」状態であり、足軽や勢子《せこ》らは一年のほとんどの時間を田畑で過ごしている。

秋は稲刈りに集中せねばならず、機械のない戦国時代においては、これがかなりの重労働だった。農民に動員をかけて戦を行っていた各国では、国の収入の大部分を「米」に頼っていたこともあって、秋には戦を起こしたくとも起こせなかったのである。

桶狭間で信長が討ち破った今川義元も、駿河《するが》や遠江《とおとうみ》での田植えの終わった時期である旧暦の五月に尾張に侵攻してきている。

だが、信長の兵は商工業からの税収で雇っている「傭兵《ようへい》」であり、一年中いつでも戦を仕掛けることが出来た。

つまり他国が兵の動員が難しく、戦ったとしても稲刈りを中止しなくてはならず、米の収入を減らすことになる秋こそが、信長にとっては最も有利な季節といえた。

いつもの戦評定のように信長は正面の上座に座っているが、十河《そごう》からの贈り物で気にいっている尾張、美濃の詳細な地図の写しを背後に貼《は》っている。

前に並ぶは桶狭間や美濃攻略を戦ってきた信長の家老達で、柴田《しばた》勝家《かついえ》、佐久間《さくま》信盛《のぶもり》といった面々だった。

藤吉郎も急速に勢力を拡大し、勝家の半数程度の兵を率いる武将となりつつあった。

その横に並ぶ十河は、国鉄の制服姿で出席している。

武将の後ろには、それぞれの臣下と共に信長の馬廻衆《うままわり》が控えていた。

本来であれば藤吉郎の軍師として半兵衛は出席しなくてはならない戦評定だが「美濃は裏切れぬ」とのことから出なかった。

胸を張って十河から贈られた指示棒を伸ばした信長は、その先端を後方の地図の洲俣辺りから長良川沿いに北上させていく。

「大垣城の桑原直元、曽根城の稲葉良通、北方城の安藤守就は、藤吉郎の働きによって調略がなされ、こたびの戦では『動かぬ』との確約を得ておる。近々、それぞれより『質人《しちにん》を清洲へ送る』との約束も得た」

藤吉郎は意気揚々と晴れやかな顔つきだが、勝家は絵に描《か》いたような「苦虫を噛《か》み潰《つぶ》したような顔」をしていた。

「さすが百姓の倅《せがれ》。戦よりも談合の方が向いておるのだな」

勝家は嫌味で言っただろうが、藤吉郎は真に受けない。

「ありがとうございます、勝家殿。わたくしのようなものが、一つでもお屋形様のお役に立てることがあらば、それだけで天にも昇る思いでございまする」

「そのような戯言《たわごと》で美濃三人衆を調略したか？　藤吉郎」

藤吉郎に噛みつく勝家に、信長はフッと微笑《ほほえ》む。

「勝家、美濃三人衆の協力がなくば、我々は西からの攻撃を受け、背後から襲われることにもなる。それが藤吉郎の戯言でなくなったのだ」

「ははぁ、それは確かによいことでは……ございますが」

勝家が黙りこくったのを見て、信長は話を続ける。

「わしはこたびの戦で、美濃を滅ぼすと決めておる」

信長の強い言葉に反し、家臣らの士気が上がらないのは、美濃攻略は信長の父である信秀の代より延々と続く難事であったからだ。

ここ数年は和睦《わぼく》していたこともあったが、それまでは毎年のように美濃には侵攻するものの、一進一退の戦いが続いて冬には国境が元通りになっていた。

楔《くさび》のように打ち込まれた洲俣は、尾張が初めて一年を通じて美濃に足場を作った証《あかし》だったのだ。


美濃が滅ぼせない原因は、たった一つだった。

静まる中、信長の若い頃からつき従ってきた佐久間信盛が口を開く。

「お屋形様、美濃三人衆が動かぬとなれば、野戦では勝利することが叶《かな》いましょう。ですが、あまりの兵力差に斎藤龍興は野戦を行わず、いつものように稲葉山城に籠城《ろうじょう》するのではありますまいか?」

信盛は信長より五つほど年上の三十半ばくらいで、細身の顔には口を囲む髭《ひげ》を蓄え、頭の後ろには立派な茶筅髷《ちゃせんまげ》が見える。

信長が「うつけ」と呼ばれていた時にも早々と仕え、尾張の内戦から続く周辺国との国境争い、桶狭間の戦いと常に側《そば》にあって共に戦ってきた勇将だった。

信盛は勝家のように気性は荒くなく、どちらかといえば常に沈着冷静といった雰囲気の家老であった。

そんな信盛の心配を、信長はフッと笑い飛ばす。

「それで構わぬ」

捻《ひね》るように、信盛は首を回す。

「我らが攻めれば斎藤勢は引きましょう。そして、稲葉山城に籠《こも》ることになろうかと思われますが……それで良いと？」

「そうじゃ」

信盛は困惑を隠しきれない。

「あの城は城内に井戸もある難攻不落の山城。籠城されては三月……いや、来年の夏まで耐えることが出来るやもしれませぬ。それまで、お屋形様は待つと？」

信長は間髪容《い》れずに応《こた》える。

「そんなに待っておられるかっ」

「では……どのようにして？」

そこで信長は、前田利家《まえだとしいえ》、佐々成政《さっさなりまさ》、新介《しんすけ》といった馬廻衆の中に控えていた小平太に目を向ける。

「小平太、臼《うす》は出来たか？」

信長から見えるように小平太は体一つ右へずれ、床につける勢いで頭を下げる。

「ははぁ！　かなり難儀いたしましたが、先日、なんとか形にすることが出来ましたにございます」

そう報告した小平太の額からは、なぜか汗がしたたり落ちた。

「ようやった、小平太！　では、それを稲葉山城下の井之口《いのくち》まで持って参れ」

信長はことのほか上機嫌で言い放つ。

新しいものに飛びつくのが早い藤吉郎が笑顔で聞く。

「臼とはなんでございますか？　お屋形様。まさか斎藤の城の下で正月を迎え『餅《もち》つき』というわけではございますまい」

「臼とはな……」

そこまで言った信長は、ニヤリと口角をあげて止める。

「いや、止《や》めておく。こういうものは、後に見た方がありがたかろうからな」

指示棒で信長は小平太を指す。

「よいか小平太。わしらが美濃へ侵攻すれば、龍興はすぐに稲葉山城に逃げ籠る。そこを見計らって臼でトドメを刺すのじゃ」

「臼でトドメとは……猿蟹《さるかに》合戦でござるか？」

藤吉郎は気楽な顔で笑ったが、小平太からは重苦しい声が聞こえてくる。

「それが……」

「なんじゃ、小平太！」

雰囲気を察した信長の顔は曇り、叱《しか》るように聞き返す。

気圧《けお》された小平太は、額から溢《あふ》れ出る汗を止められない。

「そっ、それが……臼はおよそ千六百貫目もございまして……」

その聞いたこともない途方もない重さに、戦評定にいた全員が『千六百貫目⁉』と揃《そろ》えて驚きの声をあげた。

十河は（臼は約六トンにもなっていたか）と心の中で思った。

信長の機嫌が一気に悪くなる。

「千六百貫目じゃと⁉　そんなにも重いのか」

小平太は床に額をつけるように、更に頭を下げる。

「たたら師も鋳物師も必死になって取り組んだのでございますが、あまりに軽く作りますと、数度の使用で壊れてしまうとのことにございます」

「ゆえに千六百貫目になったか……」

信長は唇を噛む。

「そうでございます」

「それはよい。じゃが、それだけのものを井之口まで運べるのか？」

小平太の青く剃《そ》り上げた月代《さかやき》にまで汗の粒がびっしりと浮かび、そこから流れたしずくが床にぽたぽたと垂れた。

しばらく黙っていたが、小平太は勇気を振り絞って小さな声で囁《ささや》く。

「……むっ……無理でございます、お屋形様」

小平太の言葉尻《じり》に被《かぶ》る勢いで、信長の怒号が飛ぶ。

「なんじゃとっ！　小平太。もう一遍言ってみよ！」

瞬時に怒りに満ちた信長は、胡坐《あぐら》を崩して右膝《ひざ》を立てた。

戦評定に一瞬で緊張が走る。

皆、小平太の作っていたものがよく分からなかったが、作った物がとてつもなく重いものであり、それを運べないことに信長が激怒していることは伝わった。

小平太は袖《そで》で、止まらない顔の汗を拭《ぬぐ》う。

「牛十頭をもって引かせましたが、ビクともいたしませぬ」

「たわけっ！」

躊躇《ちゅうちょ》することなく投げつけた指示棒は、小平太の月代に当たって床に転がった。

「ははぁ！　申し訳もございませせぬ」

「こさえた臼を運べぬでは、石のタヌキではないかっ！」

信長の肩は怒りに震えていた。

小平太は弱々しい声で訴える。

「國鉄の高木殿の話では『鉄道なら問題なく運ぶことが出来る』とのこと。ゆえに洲俣までは運ぶことが出来ますが……」

怒りを通り越して呆《あき》れ始めていた信長は、疑うように目を細めて見下ろす。

「洲俣から臼を使えるのか？」

大きく息を吐いた小平太は顔をあげられず、床を見つめたまま囁く。

「……無理でございます」

「で……あろうな」

その答えは分かっていたようで、ため息混じりに呟いた。

臼を美濃攻略の鍵《かぎ》と考えていた信長は、それが「使えぬ」と分かったところで、根本的に戦略の変更を迫られることになった。

話を聞いていた十河は（小平太には命を救われたからな……）と心に決める。

誰も目を合わせない中において、十河は一人信長を見返す。

「城下の井之口に、千六百貫目の物を運べばいいのか？　信長」

その声に最も救われたのは小平太だった。

「そっ、十河殿……」

やっとあげた顔は汗と涙で濡《ぬ》れていた。

今まで不機嫌だった信長が、静かな笑みを浮かべる。

「また十河か……」

柴田勝家は顔を背け、小さく舌打ちをした。

「まことに出来るのか？　十河」

十河は自信を持って応える。

「頼まれた物を『戸口から戸口まで』届ける。それが國鉄だ」

それはコンテナの正面に書かれていた国鉄の貨物輸送の標語だった。

信長は、興味をひかれて前のめりになって聞く。

「して？　いかにして重い臼を運ぶ」

「要領は洲俣の城を作った時と同じだ。大したことではない」

洲俣築城のからくりについては、信長にはよく説明してあった。

「あの『てつぱんれ〜る』とかいう奴《やつ》か」

十河は「鉄板レール」と何度も教えているのだが、信長は未《いま》だに慣れず言いにくそうだ。

しっかりと頷《うなず》いて十河は応える。

「三里といったところだ。洲俣から稲葉山城下まで約十二キロだからな」

「そこにてつぱんれ〜るを敷いて、臼を運ぶと」

「先日少しだけ走ってみたが、長良川沿いの堤防の上なら、線路を敷くのに時間はかからんだろう。堤防は人の往来によって比較的踏み固められているからな」

十河は時間があれば、周囲をスーパーカブで走るようにしていた。

最も踏みしめられているのは人馬の往来の多い街道だったが、水害対策で作られた川沿いの一定の高さに整えられた堤防も歩きやすく、土地の者達は堤防を街道の一つとして利用していた。

特に稲葉山城は長良川の上流にあり、洲俣からは川に沿って北上していけば辿《たど》り着けるのだ。

「なるほど……堤防にせんろ～となあ」

感心した信長は唸《うな》った。

「一週間もあれば敷けるはずだ。さすがに今度は一晩とは言わぬがな」

そこで信長は膝を打つ。

「あい分かった！　一週間で十分じゃ、十河。わしらは龍興を蹴散《けち》らして井之口に陣を張る。そこへ後から持ってこい」

「では、一週間後に臼を届ける、國鉄がな」

頼もしい十河を見てうむと頷いた信長は、小平太に目をやる。

「十河によって命拾いをしたの、小平太」

「はい！　この御恩一生忘れませぬ」

「では、十河と共に命を賭《か》けて、臼を井之口へ持って参れ、小平太」

小平太が「はっ」と大きな声で応えると、信長は勢いよく立ち上がる。

「明日からの美濃攻めに備え、皆、今日は英気を養うがよい」

全員が「ははぁ！」と頭を下げる中、信長は部屋の奥へと消えて行った。

その瞬間に緊張が解けて、集まっていた者達は立ち上がりだす。

「また目立ちたいだけか……」

最初に立ち上がった柴田勝家は、不満そうな顔で呟いてから十河の前を通り過ぎていったが、佐久間信盛は足を止めて聞く。

「お屋形様は小平太が作りし『臼』に、多大な期待を寄せておられるようじゃが、どういったしろものなのじゃ？」

「私も実際には見たことがない」

十河は微笑んだ。

「それでも……運べると？」

「お客様の荷物を期日までに運ぶ、それも國鉄の使命だ」

「相変わらず風変わりな人じゃの、十河殿は。では、失礼する」

信盛は臣下の者と共に、部屋を後にしていく。

横にいた藤吉郎は、いつものような明るい笑顔だった。

「アハハハ、さすがの十河殿。藤吉郎、またも感服つかまつりましたにござる」

「いや……まだ井之口まで運んだわけじゃない」

「十河殿は有言実行のお方。きっと、言われたことは実現されるでしょう。それでは、一週間後、井之口で拙者もお待ちしておりまする」

「では、井之口でな」

十河が敬礼をすると、藤吉郎は笑いながら蜂須賀小六《はちすかころく》達と共に洲俣城へ戻るべく玄関に向かっていった。

洲俣城は明日から美濃攻略の最前線基地となるからだ。

「十河殿！」

駆け寄ってきて頭を下げる小平太の肩に、十河はそっと手を置く。

小平太に恩のある十河は、これくらいではなにも言わない。

「では、その千六百貫目の臼とやらを見せてもらおうか」

小平太は「はっ」と涙を拭《ふ》いて十河の背中を追った。

◇

次の日から信長は、美濃侵攻を開始した。

清洲で編成された信長、柴田、佐久間の主力は、真東海道本線沿いに作られた街道を通って北上し、羽栗駅のあるところで木曽川を渡り洲俣城で藤吉郎軍と合流。

そこから先鋒《せんぽう》が長良川堤防に沿って北上を始めた。

その報はすぐに井之口の館《やかた》にいた斎藤龍興の耳にも入る。

酒と色に溺《おぼ》れていた龍興は、標高三百二十九メートルある稲葉山頂にある城を毛嫌いしてあまり登城せず、麓《ふもと》の町である井之口に作らせた館で政務もあまり行わず、毎日のように酒を飲みながら町から女達を呼んでいた。

その館の廊下を強面《こわもて》の延永備中守弘就《のぶながびっちゅうのかみひろなり》が足早に駆けていく。

一番奥の部屋の中からは楽しそうな男女の声が響いていたが、廊下に膝をついた弘就は躊躇することなく襖《ふすま》を勢いよく開く。

「殿、申し上げます。信長が攻めて参りました！」

まだ昼だったが龍興は既に酒に酔っており、着物はだらしなくはだけていて、小袖を慌てて引き寄せている女の肩に腕を回していた。

グッと目を細めた龍興は、つまらなそうな顔を見せる。

「なんじゃ？　また大垣にでも攻めてきよったか？　飽きもせず、よう美濃を攻めてくるのぉ〜信長は。さすが噂《うわさ》に聞きたる『うつけ者』だな」

焦ることもなく、龍興は湯呑《ゆの》みに残っていた濁酒《どぶろく》を飲み干す。

凛《りん》とした髷を結い若々しい雰囲気が漂うのは、龍興がまだ元服してから数年しか経《た》っていない十六歳という若さだったからだ。

その前で膝をつく四十半ばの弘就とは、三倍近く歳《とし》が離れていた。

多くの者が龍興から離れていく中、弘就が側《そば》に残っていたのは、ひとえに斎藤道三の人柄に惚《ほ》れて家臣となり美濃を守ってきたからだ。

弘就は両腕を左右に広げる。

「そうではございませぬ！　信長はここを目指しております」

龍興は「あぁ〜」とやる気のない声をあげる。

「では、いつものように井之口の南の警護を固め、大垣城の桑原直元によって背後をつかせ、曽根城と北方城の稲葉良通と安藤守就に側面を討たせよ」

龍興は井之口の守備を弘就に任せて、稲葉山城に近づいてきた信長軍を美濃三人衆によって包囲するつもりだった。

今まで幾度も美濃に攻め込まれたが、この戦法で撃退出来ていたからだ。

膝をついたままの弘就は、床を見つめて苦しそうに応える。

「それが桑原直元、稲葉良通、安藤守就……共に動く気配が見られませぬ」

「しかと知らせは届けたのか！」

瞬時に怒った龍興は、それが弘就の責であるかのように咎《とが》めた。

「信長の軍が清洲を発しました時に『美濃侵攻の気配あり』と、早馬を飛ばしておりますが、どこからも返答がございませぬ」

「それはどういうことだ？　なぜ馳《は》せ参じてこん？　奴らは余の家臣であろう」

主君の危機に馳せ参じない家臣どもに、龍興は憤慨していた。

額からは汗を流しながら、弘就は言いにくそうに呟く。

「奴らは……信長に調略されたのではないかと……」

そこでやっと龍興も深刻な状況を感じとる。

「なんだと⁉　美濃三人衆が、余を裏切っただと！」

女を投げ捨てた龍興は立ち上がり、持っていた湯呑みを壁に投げつけて割った。

悲鳴をあげた女は、部屋から転がるように逃げだす。

「今となっては真意を確かめる術《すべ》はございませぬ。ですが未だに『動かぬ』ということは、奴らは信長の動きに呼応していると考えるべきかと」

龍興の肩は怒りでわなわなと震えていた。

「おのれぇ！　三人の領地を没収して、家族郎党全《すべ》て打ち首にせよ！」

現実を把握しきれていない龍興に、弘就が声を荒らげる。

「殿、それどころではありませぬ！　只今《ただいま》、いち早く馳せ参じました『長井道利《ながいみちとし》』が長良川沿いの鏡島《かがしま》にて防戦しておりますが、大してもちますまい」

顔から血の気が抜け出した龍興は狼狽《うろた》える。

「どっ、どうすればよい？　弘就」

「殿、ここは稲葉山城に籠城し、援軍が来るのを待つが上策」

その弘就の提案に、龍興は光明を見出《みいだ》す。

「そっ、そうであったな。父も祖父もそうしてきた」

「いかに信長が大軍であろうともかの山城は難攻不落。三月……いや、来年の夏まで籠城したとしても落ちはしませぬ」

辛《かろ》うじて冷静さを取り戻した龍興は、乱れた着物を直す。

「では、すぐに越前の『朝倉』に、援軍を頼む使いを送れ。それから、皆で稲葉山城に入るぞ」

弘就は「はっ」と立ち上がった。

「おぉ、そうじゃ。来年の夏まで籠城となれば、女達も連れて参るぞ」

弘就が「殿っ」と諫《いさ》めようとしたが、稲葉山城が難攻不落と知る龍興は、もう聞く耳をもたなかった。

「弘就、最近、余が贔屓《ひいき》にしておる女は分かっておるな。残らず声をかけよ」

そう言いながらニヤニヤと笑っているだけだった。

その頃、信長は藤吉郎の居城である洲俣城より進軍を開始した。

「では、十河、待っておるぞ」

馬を進めていく信長を十河は敬礼で見送る。

「必ずや一週間以内に届ける」

清洲から出発した信長軍は、洲俣城にいた藤吉郎の軍勢と合流したことで総勢約二万の大軍に膨れ上がっていた。

総勢二万といえば、桶狭間で迎え撃った今川軍に匹敵する大軍だった。

二万の兵が堤防の上の道を縦隊で駆けていくのを見送った十河は、大垣までの線路敷設を終えていた勢子達に向かって笑いかける。

國鉄が常時雇っている勢子は、今では千名近くになっていた。

「では！　真岐《ぎ》阜《ふ》支線を――」

その瞬間、勢子達は『ぎふ～？』と全員首を傾《かし》げる。

そこで磯崎が十河に耳打ちする。

「十河検査長、岐阜は稲葉山城を落としてから信長がつけた、井之口の地名なのです」

「そうか……まだ、この時期には岐阜ではないのか」

「確か……中国にあった縁起の良い地名からつけたとか……だと思います」

十河は咳払《せきばら》いをしてから言い直す。

「ならば、真井之口支線建設開始！」

千名からなる選《よ》りすぐりの屈強な男達が『おぉぉ』と応えながら、手にしたハンマーやスコップを空へ突き出す。

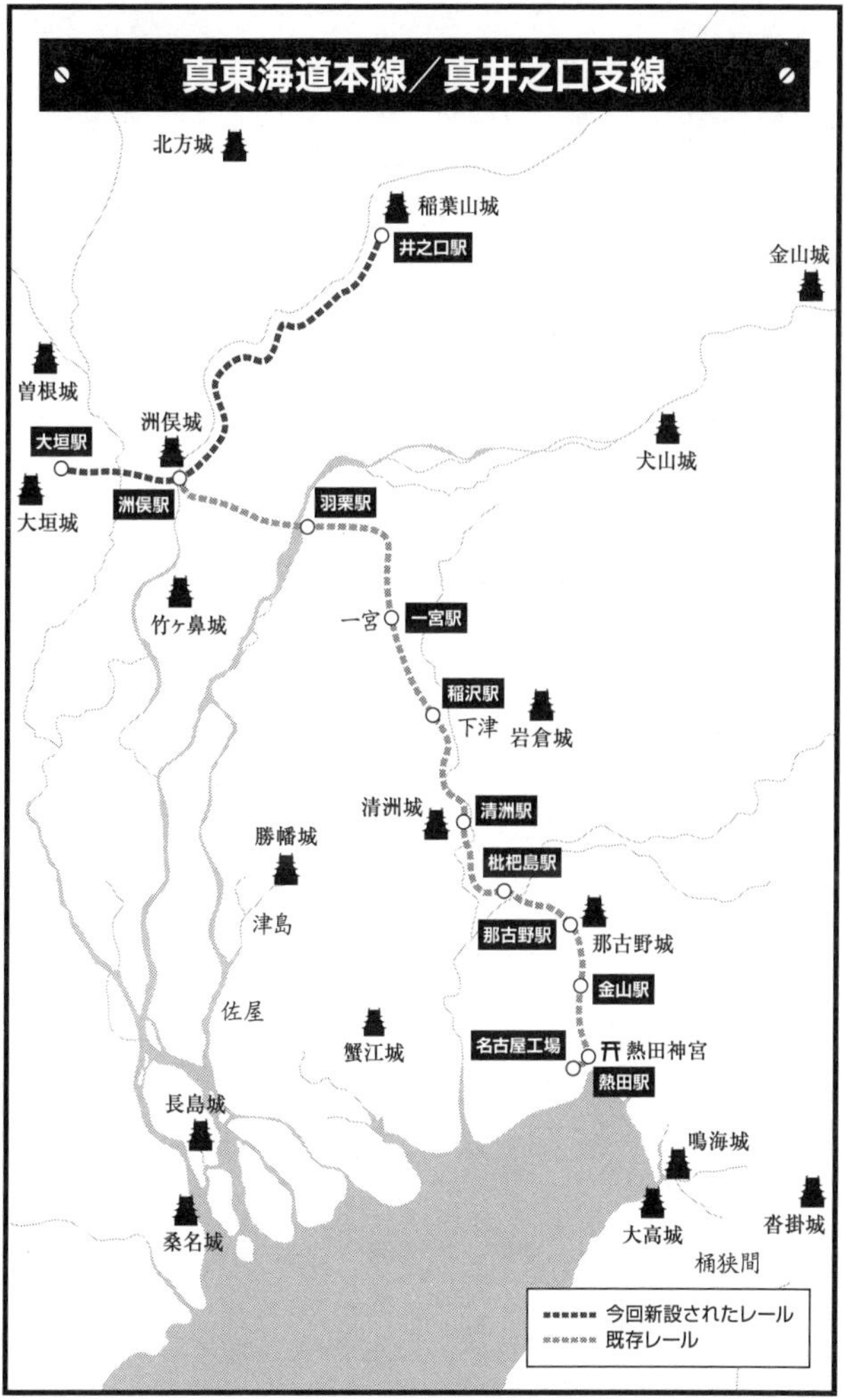
真東海道本線／真井之口支線
北方城
稲葉山城
井之口駅
金山城
曽根城
洲俣城
大垣駅
犬山城
洲俣駅
大垣城
羽栗駅
竹ヶ鼻城
一宮
一宮駅
稲沢駅
下津
岩倉城
清洲城
清洲駅
勝幡城
枇杷島駅
津島
那古野駅
那古野城
金山駅
佐屋
蟹江城
名古屋工場
熱田神宮
熱田駅
長島城
鳴海城
桑名城
大高城
沓掛城
桶狭間
今回新設されたレール
既存レール

反射炉はレールだけでなく、こうした多くの工具を作り出すことが出来た。

更に備中鍬《びっちゅうぐわ》という二から五本の歯を持つ農具も、大量供給出来るようになった。

おかげで尾張では重い土や粘土質でも深く田畑を掘り起こせるようになり、より多くの収穫量を得ることが出来るようになっていた。

もちろん、こうした鉄の農具は農民には簡単には買えない値なのだが、信長が「補助金」を出すことで安価で多くの者が手に入れられた。

そのため、他国から尾張へ移転して農業をする者も増えた。

國鉄の作業においても工具不足は作業効率の低下を招いたが、反射炉からの鉄の安定供給のおかげで数を揃えられるようになったのだ。

鉄板レールは洲俣城を一夜で造った時に、清洲から洲俣までの二十二キロ分作ってあり、反射炉によって作られた鉄レールとの入れ替えを全て終えていた。

「なにかに使うかもしれんからな」

と、十河は入れ替えた鉄板レールを洲俣城外に、山積みにして保管していたのだ。

洲俣城から稲葉山城までは、十二キロ。

そこで、鉄板レールの中でも傷みの大きいものは排除して、比較的傷みが少ないユニットを昨日のうちに選んでおいた。

その作業のついでに、廃棄予定の枕木《まくらぎ》は砕いて洲俣城に薪《たきぎ》として提供し、鉄板は再利用するために全て回収して名古屋工場の反射炉へと送り返された。

「急げ！　だが、レールの結合は確実になっ！」

現場に慣れた高木がいないことで、マッチョの藤井が現場監督として育ちつつあった。

枕木と木のレールに鉄板を張り付けた鉄板レールが、二十五メートルを一ユニットとして神輿《みこし》のような形で次々に運ばれていく。

堤防にユニットが設置されると、左右に並んでいた勢子がスコップで一斉に砂利を投げ込んで素早く固定する。

幸い真井之口支線は長良川沿いのために、砂利は川原に大量にあって困らない。

長良川の堤防は線路が一本敷けるくらいの幅しかないので、稲葉山城が落ちるまでは街道としての使用は無理になる。

尾張と美濃との戦が始まっている時、長良川沿いの道を利用しようと考える民も少ないとは思うが。

鉄板レールの延伸の指揮は藤井に任せておいて、十河らは別の作業にかかる。

「こっちの班はポイントを設置する」

勢子のうち百名くらいは、洲俣城の手前に集まってポイントの敷設作業を始める。

この工事が難作業になるために、十河は「一週間」と言ったのだった。

「さすがにポイントは、まだ製造出来ませんか」

普段は客車として使用されている、長物フラット貨車「チキ6000形」に積まれていた分解されたポイントを見ながら石田が呟く。

「高木は試してはくれているようだがな、色々と……」

横に立つ十河が応える。

「ポイントは一般レールと違って構造が複雑ですし、強度も必要になりますからね」

目の前に停車した貨車に向かって、軌道モーターカーTMC－100型からクレーンが伸ばされ、ポイントにワイヤーが引っかけられる。

軽油を使用する軌道モーターカーは、こうした工事以外では使用していない。

「たまたま名古屋工場内にあったポイントは全部で九つ。二つは名古屋工場、もう二つは清洲の入れ替え用に使用しているから、あと五つで当面はしのがないとな」

「鉄道会社全体で自由に使えるポイントが五つとは……心細いですね」

「足らぬ足らぬは、工夫が足らぬだ」

そう言いながら軌陸型油圧ショベルへ向かって十河は歩いて行く。

「それ国鉄の標語ですか？」

十河は軌陸型油圧ショベルのクローラーを蹴って、運転席に乗り込む。

「いや、戦時中のスローガンだ」

フッと笑った石田に、十河は微笑んで応えた。

エンジンをかけた十河は軌陸型油圧ショベルを使って、洲俣城の手前から堤防に向かって大きく緩やかな道になるように土を盛っていく。

街道ならば十字に交差していても問題ないが、列車の走る線路というものは曲がるには緩やかなカーブでなくてはならない。

だから、こうした場所では、どうしても新たに盛土が必要になるのだ。

運転席から見えた藤井に、十河は声をかける。

「ポイント工事が終わるまで、真井之口支線に車両が入れなくてすまんな」

洲俣城の手前で工事をしているので真洲俣線建設の時のように、軌道モーターカーとトロッコでユニットを運ぶことが出来なかった。

「いいすよっ、こっちは人力で、なんとかしますから！」

藤井は現代にいた時よりも、更に筋肉隆々となった右腕をあげて見せた。

最初のうちは神輿の要領で運んでいたが次第に工事現場が離れてくると、洲俣城から木製車輪に木製の車体を持つ平台トロッコで運ぶようになった。

これは十河が車屋用の車両を作っていた大工に発注して作らせたものだ。重量物の輸送に便利で、各駅に十数台配車してあった。

戦国の大工もたいしたもので、車輪にはカヤ、栗《くり》、桑《くわ》、欅《けやき》といった水に強い木材を使用して耐久性をあげたり、同じ型ではないが一応國鉄車両と連結出来るような器具も前後に備えられていた。

十河らが線路敷設を始めた頃、信長は破竹の勢いで稲葉山城に迫っていた。

それが出来たのは、美濃三人衆が動かなかったからである。

唯一の抵抗は洲俣築城時には竹《たけ》ヶ鼻《はな》城主として、一晩で作られた城を美濃の武将の中で初めて目撃する羽目になった、長井道利が率いた二千の軍勢だけだった。

洲俣に城が出来たことで敵勢力下に孤立することになった長井道利は、竹ヶ鼻城を引き払い、可児《かに》にあった金山《かねやま》城主となっていた。

金山城において「信長、美濃に迫る」との報を受けた長井道利は、出来る限りの兵を率いて稲葉山城へ急ぎ、途中の長良川沿いの鏡島で野戦に突入した。

しかし、他の季節なら一晩もあれば四千の兵を準備出来たところだが、稲刈りの季節の上に信長の進軍が早く、道利の軍勢は普段の半分程度となってしまった。

これでは総勢二万もの兵を有する信長軍の敵ではなく、三時間ほどの戦で全滅に近い被害を出して、道利は稲葉山城へ撤退した。

だが、道利の働きはムダではなく、麓の館にあった斎藤龍興が家臣と女達と共に稲葉山城まで登る時間を稼げた。

また延永備中守弘就によって、大量の米、干物などの食料が運び込まれ、数か月の籠城に耐え得る体制を整えることが出来た。

　信長軍はそのままの勢いで一日目の夜には井之口に到着し、稲葉山を囲むように家臣らが陣を敷き城の攻囲に入った。

　あまりの進軍の早さに圧倒された井之口の住民は、逃げ出すことすら出来ずに家に籠って成り行きを見つめているしかない。

　信長の本陣は龍興が逃げ出した、城下町の井之口にあった寺に置かれた。

　かがり火がいくつも焚《た》かれた本陣に、黒い鎧《よろい》姿の柴田勝家がやってくる。

「お屋形様、井之口に火を放ちましょうぞ」

　領民が生活している麓の城下町を焼いて国力を削ぐ焦土戦術は、こうした山城の攻略には常套《じょうとう》手段であった。

　だが、信長は動じず、目抜き通りの美しい街並みを見つめる。

「道三殿が創った美しい井之口を、燃やすのは惜しいではないか」

「ですが、このままでは、龍興めは開城しませんぞ」

「町を焼けば、龍興は籠城をやめるか？　勝家」

　勝家は首を縦に振る。

「井之口と周囲の田畑を焼けば、たとえ稲葉山城が残ったとしても、美濃の再建はままならなくなりましょう。ゆえに燃える様を稲葉山城から見れば……」

「なるほど……そうかもしれんな」

「そうせねば、短期に稲葉山城は攻略出来ませぬ」

勝家は語気も荒く進言したが、信長は腕を組むだけだった。

「町を焼くのはいつでも出来る、勝家」

そう言われてしまうと「ははぁ」としか勝家には応えようがない。

「まぁ、十河が一週間で運んでくると言った臼を待て」

「臼……でございますか？」

古風な武人である勝家としては、得体の知れない策を弄《ろう》する藤吉郎や十河といった手合いは、どうも信用出来なかった。

稲葉山の山頂で赤々と燃える城のかがり火を信長は見上げる。

「そうじゃ。それでダメなら井之口を焼いてくれる」

口角をあげる信長の顔は、かがり火を受けて赤く輝いていた。

◇

美濃勢の抵抗は、初日で潰《つい》えてしまった。

そのために真井之口支線の建設は順調に推移し、五日目には井之口の町まで線路が到達。

藤井は全線の点検作業を丁寧に行っていた。

難航が予測されたポイント建設にも目途《めど》が立った十河は、現場を石田、磯崎に任せてから、軌道モーターカーを運転して名古屋工場へ戻った。

運転士の長崎が運転する六日目の朝の貨物列車が、熱田から羽栗までを往復してきたところで、名古屋工場の奥にある反射炉へ行ってみると、たたら師や鋳物師が百人近く集まっており、その中心にムシロがかけられた巨大なものがあった。

近づいていくと、ムシロに包まれた物体は二軸の貨車に載せられているようで、磨かれた鉄の車輪がレールにのっていた。

「これが……臼……か？」

上半分はムシロで完全に覆われていて、中を見ることが出来なかった。

いつもは小ぎれいにしている小平太が汚れた小袖のままで、睡眠不足で目の下を黒くさせた顔で応える。

「皆で作った力作でござる」

一緒に臼を作った者達の顔も疲れていたが、なぜか清々《すがすが》しい表情だった。

小平太の横にいた仁杉《にすぎ》を十河は見る。

「この貨車は？」

「予備の車輪と連結器を使って、臼専用貨車を作りました」

「なるほど、だから見たこともない形なのか」

臼を積んだ貨車は長物貨車でもトロッコでもなかった。

台車は正方形に近く、車輪は金具によって台車の裏に取り付けられていて、連結器が前後に無理矢理溶接されていた。

車輪には板バネのショックアブソーバーもつけられていないので、レールの繋《つな》ぎ目の振動は貨車へ直《じか》に響きそうだった。

「どうだ？　使えそうか」

「……大丈夫だと思います」

その言葉に少しだけ引っ掛かる。

「大丈夫とは……試験はしたのだろう？」

仁杉は首を横に振る。

「いえ、そんな時間は……」

それを聞いて十河は不安になる。

「試験もしていないものを実戦でいきなり――」

そんな十河のセリフを、小平太は開いた右手を前に出して遮る。

「心配ご無用でござる！」

「どうして、そう言える？」

仁杉と目を合わせてから、小平太は応える。

「山のように失敗して、これ以外の方法はないからでござる」


意味が分からなかった十河は、首をひねって聞き返す。

「失敗するのではないか？　今まで失敗してきたのであれば」

「ここにいるたたら師と鋳物師で、拙者は数多くの出来損ないの臼を作ってきたのでござる。だが、これは、その中で最も成功に近い方法で作った最高の臼なのじゃ」

ふっと息を吐いた小平太は、清々しい顔で続ける。

「これでダメなら、お屋形様が望む臼は、もう拙者には作れぬ代物にござる」

ここ数か月臼作りに必死に取り組んできた小平太には、もうやるべきことは何も残っていないような言い方をした。

その顔を見て十河は納得する。

「分かった。では、信長に見せてやるとしようか」

「輸送の方、お頼み申します、十河殿」

小平太は腰をしっかり折って丁寧に頭を下げた。

「國鉄に任せておけ」

小平太が満面の笑みで、周囲にいたたたら師らに指示をする。

「よしっ、皆の者、名古屋工場駅まで移動させて、機関車に連結せよ！」

周囲から『へいっ』という野太い声の返事が響いて、臼作りに関《かか》わった者達が大事そうに貨車を手でゆっくりと押していく。

六トンもの重量のある巨大な物でも、摩擦の少ない鉄のレールと鉄の車輪を使えば、こうして数人の力で軽く移動させられるところが鉄道の良さでもある。

これがゴムタイヤのトラックなら、そう簡単には動かない。

ましてや六トンもの重量物をソリで輸送しようとすれば街道のどこかで動けなくなるであろうし、コロを大量に並べて輸送するなら膨大な時間と人員が必要になる。

臼専用貨車の後ろから、こちらもムシロの被せられた作業用トロッコがやってくる。

このトロッコは線路用の資材を積んで、いつも軌道モーターカーで牽《ひ》かれていた。

「なにを積んだんだ？　あのトロッコには」

ホームで待っていた十河が指差すと、横にいた小平太は笑って応える。

「まぁ、餅といったところでござる」

「なんだそれは？」

十河は呆れたように言った。

後方の機関庫には、午前中の列車を牽いたC11形蒸気機関車が戻ってきていて、整備区の加賀山勝彦が紺の作務衣《さむえ》を着た十名ほどの者と整備をしていた。

車両の整備は加賀山がリーダーとなって、勢子の中からこうした作業に向いている者を整備士として使うようになっている。

加賀山は戦国時代にタイムスリップしてからも、特に焦ることもなく「俺《おれ》はモテりゃ～いいすよ」という気楽な生き方だった。

最初は車両検査掛の先輩の下山幸一車両検査長とつるんで飲みに出掛けたり、一時は信長軍の足軽として働いていたこともあったが、一度本格的な戦に加わると、

「俺には、あんま向いてねぇすよ」

と辞めてしまい、名古屋工場へ戻ってきた。

そんな時、熱田から毎日二往復の定期列車が走るようになり、C11形蒸気機関車のメンテナンス作業が多くなったことで車両整備を担当するようになった。

この時代に整備士は貴重な人材だと分かっている十河は、十分に贅沢《ぜいたく》な暮らしが出来る破格の禄《ろく》を支払った。

国鉄時代にはあり得なかったが、毎日定時で上がれるようになった加賀山は、趣味だったギターを持ち出して、清洲や熱田の寺で「らいぶ」と称して演奏会を週に一度ほど行うようになった。

ビートルズの日本語カバーが若い女子に受けるらしく、少しずつだがファンらしい者も出来てきたとのことだった。

加賀山は現代よりも高給がもらえて、好きなギターが弾ける生活に満足していた。

Ｃ11形蒸気機関車の横にはディーゼル機関車ＤＤ16形が停《と》まっているが、限りある軽油を燃料としているために、桶狭間の戦い以降は調子を見る目的でエンジンをかける程度で、あまり長距離を動かすことはなかった。

そんな機関庫の脇《わき》で加賀山の先輩の下山が、名古屋工場の駐輪場にあった１１０㏄のハンターカブを持ってきて、トルクレンチを手に整備をしている。

下山は信長の馬廻衆の皆から「新介」と呼ばれている毛利《もうり》良勝《よしかつ》から武芸の鍛錬を受けていたが、美濃とは和睦になったために戦いが少なくなり、まだ出世を摑《つか》めそうな機会に恵まれていなかった。

Ｃ11形蒸気機関車の整備を指示していた加賀山は、そんな下山に声をかける。

「下山さんも車両整備やんないっすか？　割と給料いいっすよ」

振り向くこともなく下山は応える。

「俺は十河に騙《だま》されんのは、もう嫌なんだよっ」

十河と共に組合活動をしていた下山は、切込隊長となって働いた。

だが、結果的には国鉄の分割民営化を止めることは出来ず、その原因は十河ら労働組合上層部の活動方針が「甘かったから」と下山は結論づけた。

そのため、下山は十河の下で働く気にはなれなかったのだ。

「じゃあ、続けるんすか？　足軽」

下山は深緑に塗り直したハンターカブのボディを叩《たた》く。

「だからこそ、こいつを整備してんだろうがっ」

「そんなバイクを持ち出してどうするんすか？」

首を少し回した下山はニヤリと笑う。

「徒歩で走り回る足軽なんてやってちゃ、いつまでたっても出世なんて出来ねぇだろ。かといって今さら馬を乗りこなすなんて俺にはムリだ」

バイクを加賀山は見つめる。

「それでバイクを馬代わりにするんすか？」

「そうさ。こいつならミッションはオートマチックだから片手が空くし、オフロードでもかなりの走破性があるからよ。戦場で十分使えるはずだ」

下山はハンターカブの各部に鉄板で作ったガードをつけ、長いものでも入るボックスを前輪の脇に装備し、後部の荷台にも大型の木製箱を追加していた。

自衛隊の偵察バイクのように改造された車体を、下山は得意げな顔で見つめる。

だが、加賀山には、どう考えても無茶にしか思えなかった。

「でも、体はどうするんすか？　上半身が、丸見えっすよ、バイクじゃ」

するると、下山は足元から銀のプレートを拾い上げる。

「体には、こいつを着るさ」

それはヨーロッパの騎士が着るような体の形に合わせて作られた鉄の甲冑《かっちゅう》で、胸当てと背当てがセットになっていた。

「それ……自分で作ったんすか？」

加賀山はハンマーを振るような仕草をする。

「あぁ、最近は戦がねぇからな。その間に鉄板から叩き出してやったのさ」

「大丈夫すか？　そんなハンドメイド鎧で……」

「余裕に決まってんだろ。こんな時代の槍《やり》や矢や刀なんて効くかよ」

鎧を強く何度も叩く下山を、心配そうな顔で加賀山は見つめる。

「鉄砲でも大丈夫なんすか？　それ」

「てっ、鉄砲だと⁉」

下山が動揺したのは、実際に鉄砲が鉄の鎧を撃ち抜くだけの威力を持っているのかどうか、試していなかったので分からなかったからだ。

だが、すぐに自信を持って応える。

「敵側に鉄砲は『そんなに数がねぇ』ってこったから、きっと大丈夫だろ」

「本当すか〜？」

加賀山は、下山の話を聞けば聞くほど不安に感じた。

下山は拳《こぶし》にした右手に力を入れて、機関庫から明るい外を睨《にら》みつける。

「俺はなぁ！　戦で出世してやるよ。ぜってぇ十河の世話にはならねぇ」

鼻息も荒く下山は言い放った。

そこまで十河を恨んでいる下山に、加賀山は呆れて「はぁ」とため息をつく。

「戦国時代にタイムスリップしたんすから、労働争議の件はもう忘れちゃってよくないすか？　数百年先の国鉄のことなんて……」

下山はギリッと加賀山を睨み返す。

「バカ野郎！　俺にとっては、この前のことだっ」

「……そうっすか。でも、死なないでくださいね、下山さん」

「あっ、あたりめぇだろ。俺が死ぬかよ。縁起でもねぇこと言うなっ」

動揺して応えた下山に、加賀山は長い黒髪をかき上げながら聞き返す。

「あの……下山さん」

「なんだよ？」

一拍置いてから、加賀山は真剣な顔をする。

「本当に……人……殺せるんすか？」

加賀山の雰囲気に気圧された下山は「なっ、なんだよ」と体を引く。

信長軍に一時は身を置いていた加賀山は、下山と共に洲俣城付近で起きた美濃軍との小競り合いに参加したことがあったが、二人とも敵を殺したことはなかった。

体勢を立て直した下山は、鋭い目で加賀山を見つめ返す。

「ここは戦国時代なんだから、戦となったら敵は殺していいんだ、問答無用でな」

「それは俺も分かっていたんすけどね……。実際に戦場で血の流れる本物の殺し合い見ちまうと……その……『やっぱりムリだわぁ』と思ったわけっすよ」

「そりゃ～お前はビビりだったからなっ」

下山は小馬鹿にしたようにフンッと鼻を鳴らす。

「戦に加わったからこそ思うんすけど。本当に下山さん……『人殺せんのかな～』って。だって、俺達は自衛隊員じゃなくて、単なる国鉄マンすよ」

加賀山は肩をすくめた。

しばらく加賀山と目を合わせていた下山は、すっと背を向けて再びハンターカブをいじりだす。

「殺《や》るさ……。殺るに決まってんだろ」

「……下山さん」

「殺らねぇと……こっちが殺られるんだからよっ」

そこから下山は黙ってしまい、黙々とハンターカブの改造に専念しだした。

反射炉前から敷かれていたレールを通って、耐火レンガ造りの駅舎のある名古屋工場駅まで二両の貨車がやってくる。

ホームには十河が洲俣から戻してきた軌道モーターカーを停車させてあったので、その後ろに臼を積んだ専用貨車と作業用トロッコを一両連結した。

連結を確認してから、十河が軌道モーターカーの運転台に乗り込む。

すると、ホームから真っ黒になった野良着を着た男達が十人ほど、軌道モーターカー後部クレーン下にある露天デッキにどやどやと乗り込んできた。

「一緒に行くのか？」

仁杉と共に小平太は、運転台に入ってきてドアを閉める。

「この臼は手慣れた装塡手《そうてんしゅ》がおらぬと、使えぬ」

「装塡手？　どうも大変な代物のようだな」

微笑んだ十河は、前を向いて運転席に座る。

本来であれば運転士の長崎に任せたいところではあったが、毎日の定期列車があることや、軌道モーターカーなら十河にも扱えるために運転することにした。

國鉄では「名古屋工場」を中心と考え、清洲へ向かう列車は「下り」、工場へ向かってくる列車を「上り」と呼ぶことにしていた。

「井之口行下り貨物列車、出発進行！」

軍手をはめた右手を真《ま》っ直《す》ぐに伸ばした十河はブレーキを外し、車でいうアクセルの「マスコン」をいつもより慎重に回していく。

軌道モーターカーの四つの動輪がゆっくり回転して前に少し進み始めると、すぐに後ろからガツンと大きな衝撃がやってくる。

十河は（やはり重いな）と痛感する。

一瞬、小さな軌道モーターカーの車輪が滑って空転し停まってしまいそうになるが、連結器を通して臼専用貨車がなんとか前進を始める。

たとえ小さな力だとしても車輪が転がり出せば、摩擦の少ない鉄道車両は前へと進む。

その瞬間、臼作りに苦労したたたら師や鋳物師が、飛び上がって歓声をあげる。

『おぉぉぉぉぉ‼』

全員が嬉《うれ》しそうな顔で、手を振り列車を見送った。

そんな彼らに応えるように、ドアを開け外のデッキに立った仁杉は竹筒を置いて、オイルライターで導火線に火を点《つ》ける。

すぐに竹筒から飛び出した龍星がフィィという鋭い笛の音を響かせ、白い煙を引いて空へと昇っていってからパンと大きな火花を散らす。

大盛り上がりのホームからは、歓声と共に指笛や拍手が聞こえてきた。

重い貨車を牽くために、十河は時速十五キロ程度でゆっくりと走らせる。

「成功させるしかないな。あの者らのためにも」

「無論でござる」

小平太はにこやかに笑った。

いつもなら清洲までは三十分ほどで到着するが、今日は一時間くらいかかる。

「停車するぞ、少しだが」

積荷の状態を確認しておきたかった十河は、清洲のホームで列車を停車させる。

清洲だけは機関車を列車の先頭から最後尾へ付け替えられるように、百五十メートルほどだけ複線になっていて、そこに貴重な二つのポイントが設置されていた。

すぐに國鉄の小袖を着た清洲駅長の平三郎《へいさぶろう》が走り寄ってくる。

「今日は臨時便でございますか？　十河検査長」

線路が開通してからの二年ほどの間に、平三郎はまるで現代の駅員のように成長していた。

そして、國鉄で雇われた者達は、皆、十河のことを「検査長」と呼ぶ。

本当なら十河はもう「國鉄総裁」といった立場で、石田などはそう呼びたかったのだが、十河がそれを嫌って止めさせていた。

平三郎を見つめながら、十河は後ろの貨車を右の親指だけを出して指す。

「こいつを運ぶのだ、井之口までな」

「なんと！　それはご苦労様です」

見たこともない大きな貨車を見上げて平三郎は続ける。

「では、今から真井之口支線に？」

「心配だがな。この重量にレールが持つかどうか」

十河がフッと笑うと、平三郎は微笑み返す。

「きっと、大丈夫でございましょう。國鉄の皆様のお仕事なのですから」

その瞳《ひとみ》から絶大な信頼が窺《うかが》えた。

「ありがとう、信じよう」

十河は小平太と共に、ホームから臼専用貨車の状態を確認したが異常はなかった。

そこで再び十河が運転台に戻ろうとすると、仁杉が両手を左右に動かす。

それは保線区内でいつも使われている手信号だった。

「前後は入れ替えろと？　どうしてだ」

「そうしておいた方がいいと思います」

詳しい説明はなかったが、十河は仁杉の忠告に従うことにする。

仁杉は普段から無口だが、不用なことは言わなかったからだ。

「では、そうしよう。平三郎、ポイントを頼む」

「はっ、お任せください」

近くにいた一人の駅員を熱田方向へ走らせ、平三郎自身は羽栗方向へ走っていく。

そして、ホームから線路へ飛び降り、ポイント近くにある円盤型の重りがついたレバーの横に立って、合図を送った。

その間に仁杉は線路に降りて、軌道モーターカーと臼専用貨車の間の連結器にあるレバーに力を込めて外す。

仁杉が右手を大きく前後に振ったら、十河は警笛を鳴らした。

マスコンをゆっくり回すと、軌道モーターカーだけが貨車から離れてポイントの向こう側まで走って行く。

平三郎が両手に力を込めてレバーを動かすと、ポイント内のレールが少し動いて進行方向が切れ替わった。

「ポイント切り替えました！　十河検査長」

「ご苦労」

手をあげた十河は軌道モーターカーをバックさせ、臼専用貨車が停車している線路とは別の線路を通って横を通過し、熱田側のポイントを通過した。

再び駅員によるポイントの切り替えを待ってから、軌道モーターカーを作業用トロッコの後ろに慎重に連結させる。

これで井之口に向かって臼専用貨車、作業用トロッコ、軌道モーターカーという順番の編成に切り替わることとなった。

連結が確実に行われたことを確認してから、仁杉が運転台に戻ってくる。

「軌道モーターカーを後ろにすることに、なんの意味があるのでござる？」

小平太が不思議そうな顔で聞くと、仁杉はボソリと応えた。

「用心のためです」

十河が略帽を被り直してマスコンに手を置く。

「では、行くぞ」

ドドドッとディーゼルのエンジン音が高鳴り、天井から突き出しているマフラーから黒い排気ガスが一気に吹き上がる。

既にホームに戻ってきていた平三郎駅長と共に、清洲の駅員総勢十五名ほどが走って行く貨物列車を敬礼で見送った。

清洲から羽栗を越えて洲俣城までは、反射炉で作った鉄レールのため、レール間の繋ぎ目が多く振動が激しくなったが、強度としては問題ない。

それは普段から空重量五十トンもあるＣ11形蒸気機関車が、問題なくこの区間を走り抜けているからだ。

問題は新たに敷設された、真井之口支線だった。

十河の運転する列車は昼過ぎに名古屋工場を出発したが、低速で走っていたために洲俣城まで到着した時には、陽《ひ》がかなり西に傾きつつあった。

新たに「洲俣信号所」と名付けられた、洲俣城直前に設けられたポイント付近には石田、藤井、磯崎が待っていた。

そこで停車させた十河は、石田だけを乗せて運転を交代する。

ポイントの横に立っていた磯崎は、既に井之口方面に切り替えていた。

「では、入りますよ、真井之口支線に」

ブレーキとマスコンを握った石田が気合を入れる。

「頼む、慎重にな」

「了解です」

石田がマスコンを慎重に動かして、二両の貨車を押すようにゆっくり走らせる。

先頭となった臼専用貨車がポイントに入ると、車輪がレールの側面に擦《こす》れてキィィンという高い金属音が鳴り響く。

東側から走ってきた三両の車両がポイントを通過して、北へと向きを変え堤防沿いに敷かれた鉄板レールへと向かっていく。

石田は更にスピードを落として、時速五キロくらいで進む。

だんだんと鉄レールから鉄板レールに繋がれている接合部が近づいてくる。

「耐えられるか、この重量の貨車が」

十河は目を細めて背伸びするようにボンネット前方を確認する。

「大丈夫ですよ。軌道モーターカーでも自重は五トンありますから、六トンの貨車ぐらいなら壊れないはずですよ」

石田はそう言ったが、額には汗が浮いていた。

接合部の手前に立っていた藤井は、自信を持った顔で右腕を大きく回している。

「オーライ、オーライ。大丈夫ですよっ。俺達の仕事を信じてください！」

通過していく軌道モーターカーに対して、藤井は口元に手をあてて叫んだ。

時速三キロまで減速した石田は、祈るような気持ちでマスコンを握る。

軌道モーターカーに乗る全員が固唾《かたず》を呑みながら見つめる中、先頭の臼専用貨車がついに鉄板レールに進入する。

その瞬間、ギシィィと木が圧縮されるような音が響き、車体がほんの少し下へ沈み込んだように見えた。

石田がマスコンとブレーキに両手をかけたままにしているのは、もし、レールが破断して臼専用貨車が脱線するようなことがあれば、すぐに停車して軌道モーターカーだけでも救うためだ。

響く走行音と共に木が圧縮される音が鳴り止まないが、なんとかレールが粉砕することもなく、臼専用貨車は堤防上の線路を進み始める。

「おぉ～進んでおる！　進んでおる！」

子供のように喜ぶ小平太の瞳には、また涙が浮かんでいた。

十河も少し安心する。

「井之口に届けられそうだな」

「かたじけのうござる、十河殿」

頭を下げた小平太は、人差し指を伸ばし、自分の首の前で右へ動かしてから続ける。

「あと少しで首が飛ぶところでござった」

「まだ生きてもらわぬと、私が困る」

十河はフゥゥと息を抜く。

「なんとかなりそうか、石田」

「そうですね。行けそうです」

「だが慎重にな。どこが傷んでいるか分からん」

「いつでも停車出来るようにしつつ進行します」

石田は振り向くこともなく、前を凝視したまま応えた。

洲俣信号所から井之口までは約十二キロ。速度を五キロ程度まで減速したこともあって二時間半かかってしまい、井之口に到着した時にはすっかり周囲は暗くなっていた。

臼専用貨車を先頭とした列車が、信長の本陣近くに仮設で作られた井之口駅に入っていくと、煌々《こうこう》と燃える多数のかがり火によって周囲が照らされていた。

信長本陣に詰めていた信長の親衛隊である馬廻衆を含む、三千名ほどの者が駅を囲むように集まって列車を待ち構えていた。

レールの先端では鎧を着たままの信長が、腕を組んで立っている。

その顔は興奮で赤く染まっていた。

列車が停まった瞬間に十河と小平太は、軌道モーターカーから飛び降りて信長の元に駆け寄る。

「お屋形様！　臼を持って参りました！」

頭を深く下げる小平太に、信長は上気した顔で微笑みかける。

「ご苦労、小平太。そして、十河、さすがじゃ、一日早いとはな」

十河は当たり前のように応える。

「期日までに荷物を届ける、それが國鉄だ」

真顔の十河を見ながら、信長はガハハと豪快に笑った。

「では、見せてもらおうか、小平太」

小平太が「はっ」と返事をして、一緒に乗ってきた者達に命令して臼の上に被せていた
ムシロを急いで外させていく。

その間に仁杉は臼専用貨車、作業用トロッコ、軌道モーターカーの連結を全て切り離し、
石田に指示して軌道モーターカーを百メートルほどバックさせた。

続いて作業用トロッコも、臼専用貨車から二十メートル手前に移動させる。

装塡手らによって、ムシロを縛っていた荒縄が全て解かれた。

晴れ晴れした顔で小平太が、臼専用貨車に向かって手を高く掲げる。

「これがお屋形様が所望された、臼にございます！」

バサリとムシロが地面に落ちると、その中からかがり火の光を浴びて、不気味に黒光り
する見たこともない巨大な臼が現れた。

そのあまりにも異様な姿をした臼に、集まっていた兵らは圧倒されて『おぉぉぉ〜』と
声を絞っていくような呻《うめ》き声をあげた。

一人満足そうな顔の信長だけは、ギラギラとした目で臼を見上げている。

「よい、よいぞ！　小平太。これこそがわしが求めていたものじゃ！」

十河も初めて臼の全容を見た。

「これは……」

それにはさすがの十河も驚いた。

「よしっ、早速やって見せい！　小平太」

「いっ、今すぐにでございますか⁉」

驚く小平太に、信長はニヤリと笑う。

「わしはこたびの戦で『美濃を滅ぼす』と決めておる」

かがり火に照らされたその顔は、まさに戦国の魔王のような迫力がある。

すぐに小平太と装塡手は準備に取り掛かった。

稲葉山城にあった斎藤龍興は、籠城を始めて六日目の夜を迎えていた。

今まで毎日のように井之口の町で遊んでいた龍興にとっては、贔屓の女達を連れてきてはいたが、山城での生活はつまらないものだった。

鏡島で長井道利と共に戦った足軽達は、普段は農民であるために負け戦となった瞬間に戦場から逃げ出しており、稲葉山城に入ったのは家臣と合わせて二十名程度。

信長が素早く井之口に達したことで龍興は周囲の農村から兵を集められず、城を守備していた兵は、全部で三百名ほどだった。

それでも難攻不落との呼び声高い稲葉山城は、二万に達する信長軍の包囲に十分に対応することが出来ており、龍興は安心し切っていた。

山頂を囲むように作られた砦《とりで》のごとき館の二階に作られた、十畳ほどの露天の見張り台で肩衣を着る龍興は、女と二人で今日も酒に酔っている。

「まだ山を下りられないのですか？　龍興様」

麓に見える信長本陣のかがり火を、桃色の小袖を着る女が背伸びして覗《のぞ》き込む。

「面倒な奴なのだ、信長は。諦《あきら》めてさっさと尾張に帰ればいいものを……」

呆れた顔をする龍興は、徳利《とつくり》のままで濁酒を喉《のど》へ流し込む。

「信長は山を囲みましたが、一週間、なにもしてきませんねぇ」

「どうせ、手も足も出ぬのだ。この山城には」

「では、なにをしに美濃まで来られたのです？」

不思議そうな顔で首を傾げる女に、斎藤龍興はフッと笑いかける。

「年がら年中『戦、戦』と、あの尾張のうつけは戦が大好きなのだ」

「まぁ、困ったお方ですのねぇ、信長というお人は」

「そうじゃ困った奴なのだ」

二人で高笑いをしていると、鎧姿の延永備中守弘就が大きく足音を鳴らしながら階段を上がってきた。

強面の弘就を見て、龍興は不機嫌になる。

「ここへは誰も上がってきてはならぬと言ってあろう」

そんなことを気にすることもなく、弘就は龍興の側まで歩いていき膝をついてしゃがんだ。

「ここは戦場ですぞ、龍興様」

「そんなことは、お前なぞに言われんでも分かっているわ」

龍興の言葉に喰《く》ってかかる勢いで、弘就は言い返す。

「分かってはおりませぬ！」

「こんなところまで来て、また小言か？　半兵衛も直元も良通も守就も皆うるさい。美濃の領主は、余なのだぞ」

龍興は自分の胸を拳にした右手で何度も叩いた。

「家臣の進言に耳を傾けずに色と酒に溺れたゆえ、美濃は滅ぼうとしておるのです」

弘就が厳しい言葉で諫めようとすると、龍興は激昂《げきこう》する。

「不吉なことを口にするなっ、弘就。この城はまだ落ちておらぬ。来月には越前の朝倉義《よし》景《かげ》殿の援軍が馳せ参じてきて、信長を尾張へ追い返してくれるわ」

　両手を大きく動かして龍興は叫んだ。

「龍興様……どうか現実をお認めください」

　弘就の下げた頭を睨みつける。

「なんじゃと⁉」

「美濃三人衆が信長と通じた時、既に美濃の命運は尽きております。ここでムダな抵抗はお止め頂き、某《それがし》は信長との和議を結ばれるべきかと存じます」

「のっ、信長と和議じゃと……」

　床を見つめたまま弘就は頷く。

「はい、ここはそれしかないと考えまする」

　このつまらない状況を早期に解決する可能性として、龍興は和議に興味を抱く。

「して、どのような条件か」

　そのようなことを言うのは弘就も心苦しかったが、それが臣下の役目と信じ心を鬼にして重々しい口調で呟く。

「城を開き……美濃を全て明け渡し……龍興様は出家なされると、信長にご提案なされてはいかがでございましょうか？」

　無論、その内容は生まれてすぐに「殿」として、家臣から大事に扱われてきた龍興が飲み込める範囲を遥《はる》かに超えていた。

手に持っていた徳利を、躊躇することなく弘就の横に投げつける。

激しい破砕音を発して徳利が砕け散り、残っていた濁酒が周囲に白く飛び散った。

「ふざけるなっ！　どうして美濃の領主たる余が、そこまで尾張のうつけに、へりくだらねばならぬのだ！」

濁酒の飛沫《しぶき》は顔にも散ったが、動じることなく弘就は応える。

「このままでは井之口の町も、収穫間近の美濃の田も全て焼かれます。そうなってはたとえ城だけが残っていたとしても、美濃は滅びまする」

怒りが頂点に達した龍興は、床に置いてあった刀をとって立ち上がる。

そして、間髪容れずに鞘《さや》から刀を引き抜いた。

女は「きゃぁ‼」と悲鳴をあげて逃げだそうとしたが、突然のことに腰が抜けてしまい、両手で後退《あとずさ》りすることしか出来なかった。

「この無礼者めっ。余を馬鹿にするとは、もう許さぬ」

怒りに震える両手で、龍興は刀を振り上げる。

だが、ここへ覚悟を決めてやってきていた弘就は、身動《みじろ》ぎ一つせずに首筋を差し出すように頭を更に下げた。

「斎藤が滅ぶ時を見ることなく死ねる私は、幸せ者でございます」

「弘就、よう言った！」

龍興が気合を込めて、弘就の首筋目がけて刀を打ち下ろそうとした瞬間、井之口の方からはズドンという壮絶な爆音が響いた。

その音は龍興が生きてきた中で、一度も聞いたことのないような巨大な轟音《ごうおん》だった。

そして同時に引き起こされた体が浮き上がるような大振動が、地震のように稲葉山城を揺り動かす。

「なっ、なんじゃ⁉」

斎藤龍興も弘就も急いで縁《へり》に寄って、井之口を見下ろすように首を伸ばす。

だが、暗い闇《やみ》の中に見えていたのは、信長軍の大量のかがり火だけだった。

原因の分からぬ二人が、顔を見合わせた瞬間だった。

激しい落雷のような音が城のすぐ手前で響き、続いて地面が突如爆発する。

目も眩《くら》むばかりの閃光《せんこう》が走り、壮絶な爆発によって山城の土台が突き崩されて板壁が崩落する。

『うおぉぉぉ‼』

原因不明の巨大爆発から生まれた衝撃によって、二人の体は後ろへ吹き飛ばされて床に強く打ちつけられる。

「どっ、どうなっておるのだ⁉　あれはなんだ⁉」

龍興は倒れたまま弘就の鎧の喉輪につかみかかって前後に揺するが、弘就にも分からない。

「らっ、落雷でございましょうか……」

あ然としながら、そう呟くことしか出来なかった。

「そんなことがあるわけなかろう、空を見よ！」

城の上空は雲が切れており、満天の星が見えていた。

爆発のあった辺りからたちまち真っ赤な炎が発生し、落ち葉に引火して地面を舐《な》めるように高い稲葉山城へ迫ってくる。

火炎が広がって、周囲は昼間のように明るくなっていった。

城内で既に眠りについていた兵達は全て飛び起きた。

「これは仏の天罰か⁉　天変地異じゃ！」

「信長軍に門を突破された――‼」

城内は混乱に陥り、持ち場を離れて山を駆け下る者もあれば、泣き叫びながら仏に許しを乞《こ》う者も出て、あげくには「もう終わりじゃ」と切腹を覚悟する武将も現れて、収拾がつかなくなっていく。

龍興が悠然と命令を発すれば臣下達が落ち着く可能性もあったが、自身がそれどころではなく混乱の極みに陥っていた。

「なんだ⁉　あれはいったいなんなのだ――――⁉」

そう叫んで両手で頭を抱えながら、床に伏せて叫ぶばかり。

「あの爆音と爆発はいったい……」

弘就の背中には冷たいものが走り抜け、全身が言いようのない恐怖に包まれていた。

稲葉山城が大混乱に陥っていた時、麓では信長が一人で高笑いをしていた。

「よいぞ小平太――――‼」

満面の笑みで信長は叫ぶ。

「お屋形様にお褒め頂き、ありがたき幸せにございます」

初弾が無事に発射されたことで、小平太は心の底からほっとした。

信長が「臼」と呼んでいたものは巨大な砲であった。

小平太の近くにある臼専用貨車には、四十五度の角度で全長が一メートル半ほどの巨大な臼のような大砲が固定されており、三十センチほどの砲口からは白い煙が大量に噴き上がっていた。

この大砲から発射された巨大砲弾が、山頂付近の稲葉山城まで一気に舞い上がり、落下したかと思えば花火のような閃光を放って大爆発したのだった。

聞いたこともない爆音に周囲に集まっていた織田の兵も仰天し、三千名近くの兵は地面に伏せたまま全員が言葉を失っていた。

「もう一発撃ち込んでやれ！」

「御意にございます！　皆の者、次弾装塡！」

小平太が叫ぶと、砲口に装塡手が二人飛びついて、長い柄のついた梵天《ぼんてん》のような器具で砲身内に残っていた燃えカスなどをきれいに取り除く。

それが終わったら別の装塡手達が、小分けされた黒色火薬の詰まった袋が入った木箱と、重さ十キロくらいはありそうな黒い鉄の球弾を作業用トロッコから運んでくる。

小平太は臼砲の横に立って、装塡手に指示をする。

「先ほどは七つで手前に落ちたゆえ、今度は十個入れよ！」

装塡手が臼砲の底に、火薬の入った黒い袋を次々に放《ほう》り込んでいく。

十個の火薬袋を入れ、棒を使って慎重に均《なら》してから、長い導火線を砲身内に垂らして先端は砲口に引っかける。

準備が整った装塡手が右手をあげると、木製信管のついた丸い弾を砲口から中へ転がすように放り込んだ。

そこで小平太が右手をあげて叫ぶ。

「発射いたす。全員、列車臼砲から離れよ――――‼」

装塡手はもとより、さっきは興味津々の顔で間近まで集まっていた兵達も、今度は逃げるように百メートルくらい急いで離れ、怯《おび》えるように臼砲を見つめた。

国鉄のヘルメットを被っている仁杉は、米軍の空母甲板員が使用していた払い下げの黒いイヤーマフをし、小平太は耳に綿を詰める。

本陣にいた者が全員固唾を呑んで見守る中、仁杉がオイルライターのフタを開いて火を点け、砲口から出ていた導火線に点火する。

導火線からシュと火花が出るのを確認してから、仁杉は貨車から飛び降りてきた。

列車臼砲から二十メートル離れ、小平太と共に仁杉が叫ぶ。

『放てぇぇぇぇぇい‼』

衝撃波対策のため口を大きく開いた瞬間、腹の底に響くような強烈な爆音が響く。

巨大な火柱に押し出されるように発射された黒い巨弾が、火花を散らし回転しながら空へ一気に舞い上がる。

初弾の反動で鉄板レールを枕木ごと粉々に粉砕していた臼専用貨車の車輪が、更に地面に突き刺さって、周囲に濛々《もうもう》と砂煙を巻き上げた。

闇夜に向かって花火のように飛んでいった砲弾は見事な放物線軌道を描き、瞬時に標高三百二十九メートルの稲葉山頂まで跳び上がる。

そして時間が止まったかのように空中で静止したかと思ったら、初弾よりも飛距離が伸びて稲葉山城の砦の中へ落下した。

それを見た小平太と仁杉は『よしっ』と、ガッツポーズをして喜ぶ。

次の瞬間、砦の中から発射音より遥かに大きな爆発音が響いて、山城を囲っていた板壁が十数メートル吹き飛び、近くにあった櫓《やぐら》が崩れ去るのが見えた。

城の建材が崖《がけ》へと向かって雪崩《なだれ》のように落ちていく。

加えて、城の内からは、火の手が上がって館が燃え始める。

燃え上がった炎は木造の館はもちろんのこと、山を覆っていた広葉樹の落ち葉にも燃え移って山のあちらこちらから白い煙が燻《くゆ》りだす。

すぐに城全体が大騒ぎとなって、美濃兵らの悲鳴が麓まで響いてきた。

紅蓮《ぐれん》の炎に包まれた稲葉山城を見上げながら、信長は心の底から笑っていた。

「弾は最大で、どれくらいまで飛ばせるのじゃ？」

小平太が間髪容れずに応える。

「たぶん、一里ほどかと……」

「そうか、それはよいな。して、この臼の名は、なんと申す！」

小平太が仁杉に聞くと、耳打ちで返す。
二、三度頷いた小平太が、仁杉の代わりに大声で信長に応える。
「『〇六《まるろく》しき三十みり、れっしゃきゅうほう』だそうでございます！」

初めて聞く言葉が多く、小平太はかなり言いづらそうだった。

「なんじゃ？　その異様な名前は」

また仁杉がこそこそと耳打ちをする。

「〇六はこれが使われました永禄の年、三十みりは砲口の大きさで、『臼《うす》』の形をした『砲《ほう》』と書いて、『臼砲《きゆうほう》』と読むのだそうでございます」

名前の由来を聞いた信長は「ほぅ」と微笑む。

「なるほど……それで列車臼砲とな」

いつになく上機嫌の信長は、笑いながら小平太に指示をする。

「では、この列車臼砲を、朝まで城へ撃ち込み続けよ！」

小平太は「はっ」と応えて、装塡手らと共に次弾装塡の準備を開始する。

そこで列車臼砲を遠巻きにしている部下に向き直った信長は叫ぶ。

「皆の者、鬨《とき》の声をあげよっ」

首をひねりつつ集まってきた兵らは、新介の音頭で一斉に声をあげる。

『おぉぉぉぉぉぉぉぉぉぉぉぉぉぉぉ‼』

その野太い声は、井之口はおろか稲葉山中に響き渡る。

すると、応えるように藤吉郎、勝家といった武将らの陣地から、次々に威勢を競うかのように鬨の声が響いた。

「お屋形様……なんの意味があるのでございますか？」

首をひねりながら聞く新介に、信長はフンッと笑う。

「聞かせてやるのだ、龍興にな。さすれば、心肝を寒からしめるじゃろう」

そう言い放って、信長はまた高笑いした。


列車臼砲の砲撃を受けた稲葉山城は、混乱に陥っていた。

周囲を囲っていた板壁は砲弾が命中する度に土台ごと崩れ、木造の館は砲弾が爆発した際に飛び散る火によって燃え上がった。

中に籠っていた三百ほどの兵には為《な》す術がなく、肩を寄せ合って縮み上がることくらいしか出来なかった。

そして城主である斎藤龍興も狼狽《ろうばい》していた。

「これはいったいどういうことじゃ。信長はいったいなにをしておる！」

延永備中守弘就が立ち上がって、麓を見ながら応える。

「あれは……種子島《たねがしま》ではないかと」

「お主はあれが、火縄銃の仕業だと申すのか⁉」

怯えて腰が抜けていた龍興は、座ったままで眉間《みけん》にしわを寄せる。

「はっ……はぁ。さようでございます」

弘就が自信なく応えたのは、自分でも信じられなかったからだ。

「あのような種子島を、貴様は見たことがあるのか⁉」

「いえ、ございません」

弘就が首を横に振った瞬間、また大きな衝撃音がして館の中央部に砲弾が命中する。

すぐに爆発音と橙色《だいだいいろ》に輝く閃光が発し、新たな火の手がそこからあがった。

「水じゃ！　水を持て！　火を消すのじゃ！」

長井道利が怯《ひる》んだ家臣を大声で励まし、必死の消火活動にあたった。

だが、周囲の落ち葉にも引火してしまい、小さな井戸の水だけでは追いつかない。

それに消火を手伝う者より、逃げ出す者の方が多い始末だった。

既に稲葉山城は城の形を成しておらず、戦う前から廃城のようになりつつあった。

やっと立ち上がった龍興は、弘就の背に隠れるようにして山の下を覗き込む。

「きっ、きっと……なにか魔物と取引をしたのじゃ……信長は」

理解しがたい状況に龍興はそう考えたが、弘就は冷静に応える。

「いえ、殿。あれは巨大な種子島にございます」

「おっ、お主は、まだそんな――」

龍興の言葉を、弘就は首を横に振って遮る。

「いえ、しかとご覧ください。信長は我々には想像もつかぬような大きな種子島を作り、井之口へ運んで参ったのです」

「そっ……想像もつかぬ大きさの種子島じゃと……」

あまりの衝撃に龍興の体から力が抜け、気迫も失われていく。

「そうでございます。某も信じられませぬが、それが現実にございます。殿、今は目を覚まし、現実を認める時にございます」

そんなことを少し前に言えば、弘就はすぐに斬られていたはずだが、完全に狼狽えて気力を失っていた龍興は、ただあわあわと口を動かすだけだった。

その時、再び爆発が起こって、城の右翼がいとも簡単に崩れ去った。


準備を整えた列車臼砲から、再び砲弾が発射される。

大音響と共に打ち上がる砲弾を目で追いながら、石田が軌道モーターカーの運転台から外へ出て、空を見上げていた十河のところへやってくる。

「こんな大砲を作っていたわけですね。小平太と仁杉は……」

石田の顔は少し呆れていた。

「元々は反射炉を見にきた信長が、言ってきたことでな」

少し嫌そうなもの言いをしたのは、國鉄で武器を製造することを十河はやりたくないと考えていたからだ。

だが、考えが柔軟な信長は反射炉の鉄によって「巨大なレールが作れるならば、大筒も出来るであろう」とすぐに見抜いたのだった。

「その時、『大筒を作れ』と命じたのだ、小平太にな」

「でも、よく作れましたね」

十河は小平太の横で、活《い》き活《い》きと装塡手に指示している仁杉を見つめる。

「仁杉が、いろいろとアイデアを教えてやったらしい」

「仁杉はミリタリーマニアですからね。武器のことには詳しいでしょう」

「鉄砲を大きくしたような、細長い大砲を鋳物で作るのは難しいらしい」

「どうしてですか?」

十河は両手を使って、棒に穴を開けるような仕草をする。

「大砲は鉄の柱を作ってから、中をドリルのような工具で削る行程が必要になるそうだ」

「さすが仁杉。ミリタリーマニアを自称するだけはありますね」

「だが、かなり早い時代から釣鐘を作ってきた日本では、臼のような形を鋳造するのには慣れているから、仁杉が臼砲を提案したのだ」

石田が改めて列車臼砲を見つめる。

「それで……あのずんぐりした形なんですね」

「そして、総重量が六トンとなったのは、数回の発射で壊れてしまうことに困った鋳物師らが、耐久性を上げるために砲身に厚みを持たせたからだそうだ」

そのために砲全体のイメージが、本当に臼に近い雰囲気になっていた。

「だが、國鉄の反射炉で武器を製造するというのは……」

顔をしかめる十河を見て、石田はフッと笑う。

「十河検査長が、みんなに言ったからですよ」

「私が？ なんと言った」

十河はそんなことは、すっかり忘れていた。

「『ここでは皆自由なのだから』と、言われましたから」

「そうか、確かにそう言ったな」

思い出した十河は微笑む。

「現代では法律で出来なかった武器作りを、戦国時代では自由にやっているわけですから、ある意味、謳歌《おうか》していますよ、仁杉も」

「それも自由ということか」

「それにあの臼砲によって戦が早く終わるなら、結果的には多くの者を救うことになります。信長の兵にしても、美濃の兵にしても」

臼砲の周囲で駆け回る小平太と仁杉を、二人は見つめた。

「さすが仁杉殿。やはり『りゅうだん』は効きますな」

満足そうな顔で見上げていた小平太は、覚えたての言葉に苦労しながら仁杉に言う。

「直径三十センチあれば、内部に爆薬を仕込むことは難しくないから」

砲弾が初期の大航海時代の海賊が使っていたような単なる鉄の弾なら、それほど大きな威力はなかった。

だが、仁杉の提案によって砲弾の内部にも黒色火薬が詰め込まれていた。

発射炎で木製信管に点火され、少し時間が経ってから爆発する仕組みになっている。

砲弾が爆発すれば表面の鉄が砕けて音速近くで放射状に飛び散り、多くの者をなぎ倒して建物を破壊する上、周囲に舞う火の粉が可燃物を燃やした。

砲弾が爆発した辺りからは黒い煙がすぐに上がり、稲葉山城内の混乱は拍車がかかっていった。

列車臼砲は度重なる砲撃で地面に車輪を完全にめり込ませており、簡単には動かせないようになっていた。

「だから、こうして軌道モーターカーを一番後ろにしたんですね」

石田は納得する。

「もし列車臼砲より前に軌道モーターカーがあったら、レールが破壊されてしばらく動けなくなるからな」

「大型クレーンを備えた『ソ80形事故救援用操重車』を名古屋工場から持ってきて、吊《つ》り上げなくてはいけなくなるところでしたね」

そんな十河のところへ信長が、機嫌よく笑いながらやってくる。

「十河よ、この戦が終わったら、井之口まで列車が来られるようにせよ」

「鉄のレールにするのか？　真井之口支線を」

その狙《ねら》いが分からなかった十河は聞き返す。

「わしは清洲から、この井之口に移り住む予定じゃ」

近くに迫る山々を十河は指差す。

「便利ではないか？　清洲の方が平地にあって」

「世には、このような言葉がある」

そう前置きしてから、信長は言う。


「『美濃を制する者は、天下を制す』……とな」


「そうなのか……」

「日ノ本の中心にある美濃は米がよく穫《と》れ、東には信濃《しなの》、南には尾張、西には近江、北には越前があって、多くの者がここを通らねばならぬ、要《かなめ》の地なのだ」

信長は西に体を向け、目を細めて続ける。

「それに京も近い……」

その目には既に、美濃攻略戦は映っていなかった。

そこで十河は信長に提案する。

「では、井之口の地名も改めてはどうか？　『岐阜』と」

顎《あご》に右手をあてた信長は興味深い目で十河を見る。

「岐阜とな……その地名にはどういった意味があるのじゃ」

「なんでも中国……いや大陸の『明《みん》』では、縁起の良い地名らしい。詳しく知りたいなら磯崎から聞いてくれ」

詳しく知らなかった十河は、照れながら笑った。

「地名を改めるとはおもしろい。では、美濃攻略戦が落ち着いたら磯崎と共に清洲へ来い、十河」

上機嫌の信長は、また大きな声で笑った。

「放てぇぇぇぇぇい‼」

小平太が叫ぶ度に、列車臼砲の猛烈な発射音が井之口の町に響く。

井之口の住民は誰一人眠ることは出来ず、不安そうに信長の本陣を見つめていた。

次々に落下する砲弾によって城の構造物はことごとく吹き飛び、山全体が紅蓮の炎に包まれていった。

こうなると戦どころでなく、斎藤勢はただ山中を逃げ惑うだけとなる。

そんな稲葉山には、いつまでも雷鳴のような爆音が響き渡っていた。

四章　日本海へ延伸せよ

列車臼砲《きゅうほう》による砲撃は、一晩を通して行われた。

一発の発射には約二十分を要したため、一時間当たりに発射出来たのは三発程度だったが、斎藤龍興には十分であった。

夜が明けてすぐに稲葉山城より使者として長井道利が下山してきて、信長に対して全面降伏をすることが告げられた。

「史実では『稲葉山城は僅《わず》か十五日で落城』とありましたが、たった一日とは大きく歴史が変わってきておるのでしょうな」

と、それを聞いた磯崎は言った。

美濃は信長の治めるところとなったが龍興は殺されることなく、道利ら二十人程度の家臣や家族と共に船で長良川を下っていった。

後で聞いた噂《うわさ》では、北伊勢の長島《ながしま》の一向宗《いっこうしゅう》に囲われたとのこと。

最後まで側《そば》にあった延永備中守弘就は龍興についてはいかず、弟の盛就《もりなり》などと共に浪人となったが、その後はどうなったのか分からなくなった。

信長が「大筒をもって稲葉山城を一日にして落とす」という話は、瞬く間に口伝で全国に伝わり、聞いた全《すべ》ての者が「信じられぬ」と言葉を失ったという。


状況が落ち着いてから信長は、十河《そごう》と磯崎を清洲に呼んだ。

「岐阜とは、どういう意味か？」

史実でこの地名を提案したのは沢彦宗恩《たくげんそうおん》という和尚《おしょう》らしいのだが、十河が言い出したことで磯崎が説明することになってしまった。

「大陸にあった国家の一つ周《しゅう》は『岐山《きざん》』に都を置き、そこから国内を平定したということが『縁起が良い』と呼ばれる所以《ゆえん》でございます。それに『岐』という漢字は『分かれ道』の意味もありますからな」

「では『阜』とはなにか？」

「大陸では『阜』という漢字には『大きな』や『小高い山』といった意味があるのです」

磯崎は漢字に詳しいわけではないが、これは歴史的な話として知っていた。

ただ、岐阜の由来については説がいくつかあるらしく、どれが本当なのか分かっていなかったということだった。

全ての説明を聞いた信長は、膝《ひざ》を打って即決する。

「良い名前じゃ。では、井之口は明日より岐阜とする」

これをきっかけとして今まで井之口と呼ばれていた地は岐阜になり、稲葉山城は岐阜城と改名された。

更に稲葉山も、金華山《きんかざん》と呼ばせることにした。

その時、同時に信長から十河に指示が下される。

「十河、金生山《かなぶやま》よりれーるを、近江との国境まで敷いてまいれ」

「関ケ原か、近江との国境ならば……」

背面にあった地図で、信長は大垣から指示棒を関ケ原まで動かす。

「美濃が手に入った以上、関ケ原まではわしのものよ」

その先には琵琶湖《びわこ》が見えてきていた。

「だが、今度は近江からの攻撃を受けるのではないか?」

十河がそう聞くと、信長はまず琵琶湖の下側を指す。

「六角《ろっかく》の弱兵なぞ、今のわしには相手にならぬ。そして……」

指示棒を琵琶湖の北東に移動させて続ける。

「浅井長政《あざいながまさ》には、わしの妹の『市《いち》』を嫁にやって同盟を結ぶことになっておる。ゆえに琵琶湖の東側については案ずることはなくなる」

「ならばよいが……」

十河は今まで敵地だった場所に線路を敷くことに、不安を覚えていた。

そこでニヤリと笑った信長は、琵琶湖の東を通り日本海へ指示棒の先端を動かす。

「市の輿入れが終われば、せんろ～をここへ敷くのだ、十河」

それについては意外な気がした。

「敦賀《つるが》へ？　京ではないのか？」

タイムスリップしてきた十河の感覚からすれば、京へ向かって線路を延ばすものだと思っていた。

だが、信長は十河の言葉をあっさりと切り捨てる。

「あんな町なぞ、銭にならぬ。それよりもこの場所にせんろ～があれば、琵琶湖と日本海の交易を一気に摑《つか》むことが出来るのじゃ」

信長は他の大名のように土地の所有に固執することなく、常に最優先で経済的に強い場所を押さえに行く動きを見せた。

そこで十河にも信長の狙《ねら》いが分かる。

「交易を行うのか……敦賀から日本海を通じて」

信長は満足そうに頷《うなず》く。

「京にせんろ～を敷いても、大したものは得られぬ。じゃが、日本海へ通じれば西の出雲《いずも》、石見《いわみ》と交易が出来るようになり、良質な砂鉄が大量に手に入るのじゃ」

信長は戦国を制するには、大量の鉄が必要なことを十分に理解していた。

三河の渥美半島の砂鉄と金生山からの鉄鉱石が入ってくるようにはなったが、美濃まで領地が広がったことで鉄の需要は、以前にも増して多くなっていた。

このままでは近い将来鉄の資材不足に陥ることは明白であり、十河も「どうするべきか」と悩み始めていたところだったのだ。

その目のつけどころに、磯崎が感心する。

「確かに、日本海を経由すれば鉄の産地である出雲と直接交易が出来ますから、関所を通らず安く手に入りますし、船による大量輸送が出来ますな」

信長は「そういうことじゃ」と微笑《ほほえ》んだ。

そこで磯崎は信長の地図には載っていない、もっと北の方を見つめる。

「十河検査長、北の越後《えちご》と交易出来れば……『燃える水』が手に入ります」

十河はハッと目を大きく見開く。

「石油か！」

「現代の新潟には日本でも最大規模の油田があって、確か戦国時代でもかなりの量が自然に湧《わ》き出していたはずです」

戦国時代では石油が簡単には手に入らないと考えていた十河には、光明が差し込んだ気がした。

「砂鉄と石油が手に入るのか、敦賀まで線路を敷ければ……」

そう呟《つぶや》く十河に、信長は聞き返す。

「異様に油臭いだけの燃える水なぞ、手に入れてどうする？」

「あの水が軌道モーターカーやディーゼル機関車の燃料となるのだ」

「鉄牛の木材や石炭と同じということか？」

「DD16形ディーゼル機関車を自由に使えるようになれば、列車本数も増やせる。燃料の心配がなくなるからな」

「そうか、では燃える水も必要なのだな」

「そういうことだ」

顔を見合わせた十河と信長は、ニヤリと笑い合った。

稲葉山城の戦いに勝利してから一月《ひとつき》もすると、信長は金華山に残っていた城の残骸《ざんがい》を片付け、新たに岐阜城の建設を精力的に開始し、自身も岐阜の寺に寝泊まりして生活するようになった。

そこで國鉄も洲俣信号所から岐阜へと続く真井之口支線改め真岐阜支線を、地盤工事からやり直して鉄板レールから鉄のレールへと交換していく。

信長が町を焼き討ちにしなかったことや、龍興が政《まつりごと》にまったく興味を示さなかったこともあり、美濃の民はすぐに信長の支配を受け入れた。

清洲でも商いの改革に精力的だった信長は、岐阜に入ってからは更に力を入れて「楽市・楽座」というものを設けている。

楽市・楽座とは簡単に言えば、市場の規制緩和政策だ。

室町《むろまち》時代、あらゆる商いには「座」という特権的組合が存在しており、それを取り仕切っているのが神社や寺であることが多かったのだ。

こうした者達は原料の仕入れや販売権を独占しており、座に入っていなくては市で店を開くことも許されないため商いは不可能だった。

そこで、信長は座に与えていた独占権を廃止し、他国の者でも商人なら自由に通行出来るように関所を廃止し、市では座の許可なく商売することを許した。

これに反対する神社や寺に対抗するため、信長の兵によって市の警備も行われた。

清洲からの家臣の移動に続くように、「尾張よりも自由な商いが出来る」との噂を聞きつけた職人、商人が岐阜に引っ越すようになる。

そこで、熱田から清洲、羽栗、洲俣を通って岐阜へ向かう列車が、毎日午前中に一本、午後に一本というダイヤに変更された。

金生山からの鉱石については採掘量がある程度溜《た》まった段階で、臨時で貨物列車を編成して走らせることとした。

金生山での採掘が順調になってきたこともあり、木曽川と長良川では石田が設計した、高さはないがコンクリート製のアーチ橋の建設も始まった。

比較的川幅の広い場所で、流れが穏やかで、かつ水深が浅い地点を探し、そこに水の多い時期には数日水没するような橋を石田は設計した。

こうした形であれば高い建築技術がなくても、丈夫な橋を建設することが出来ると考えたからだった。


それから一年ほど経《た》った一五六四年（永禄七年）の秋。

昨年より建設を続けていた岐阜城が完成した。

信長が「ここが天下の中心じゃ」と新たに作った岐阜城は、単なる戦用の山城ではなく金華山そのものを城にしたような豪華な造りであった。

入口となる麓《ふもと》には、漆喰を塗った耐火レンガの塀の間に長い通路があり、その先には信長が「天主」と名付けた巨大な四層構造の南蛮《なんばん》式御殿が建っていた。

天主には千畳敷《せんじょうじき》と呼ばれる大広間や、信長の家族が暮らす豪華絢爛《けんらん》な部屋があり、大量に必要になった女中達の部屋も用意されていた。

その上で、金華山の山頂付近には「天守閣」と称する三層構造の屋敷があった。

主に政務は麓の天主で行い、この頂上にある天守閣は迎賓館といった趣だった。

そのために「訪れた者が全て驚くように」と設計された天守閣は、周囲の景色が三百六十度一望出来る朱塗りの三層の塔になっており、そこへ続く廊下は空中に浮いているかのように作られた橋になっていた。

その空中廊下からは岩肌に沿って流れ落ちる滝を側《そば》から見ることが出来、落ちた水は御殿の中庭の池となって、魚が泳いでいた。

麓の天主が南蛮作りなのに対して山頂の天守閣は、由緒ある神社のような朱色の柱で優雅なカーブを描く檜皮葺《ひわだぶ》きの屋根を支えている。

そして、屋根の要所要所には、金色に輝く金具が付けられていた。

今まで城と言えば戦を目的にしていたことから、砦《とりで》のような雰囲気のものしかなかったが、信長が初めて「天守閣」を持つ城を岐阜に築いたのだった。

この岐阜城を宣教師であるルイス・フロイスが訪ねており、その豪華さに「地上の楽園」と本国への手紙に書き記している。

岐阜城で全ての政務をこなすようになった信長は「天下布武」の印を作り、民や他国へ出す文書にはそれを用いるようになった。

そんな絢爛豪華な岐阜城に合わせて、麓の天主の前にはヨーロッパ建築風の、國鉄でも初めてとなる二階建て構造の岐阜駅が造られた。

駅舎にもホームにも金生山から切り出された大理石が床に敷き詰められ、屋上には歓迎用の龍星専用発射台が大量に設置された。

そんな岐阜駅のホームに、黒い煙をあげるC11形蒸気機関車を先頭に、ナハネフ22形寝台客車と、長物貨車のチキ6000形が十両連結した列車が停車している。

岐阜にはこれほどの長い編成の列車は滅多にやってこないため、五両目以降はホームからはみ出していた。

岐阜駅から洲俣信号所までバック運転となるため、先頭になる最後尾の貨車には石田が車掌として既に乗り込んでいる。

駅前には岐阜の住民のほとんどが集まってきており、お祭りのような騒然とした状態となっていた。岐阜城から岐阜駅へと続く大理石で舗装された道路沿いには、長い朱槍《しゆやり》を持った信長の馬廻衆《うままわり》が一定間隔で立ち並び、住民達が前に出ないようにしている。

岐阜駅屋上では仁杉《にすぎ》が大量の龍星を準備して控え、新たに岐阜の住民を雇った駅員達は駅舎内に住民が入ってこないように警備していた。

「ものすごい人だかりですね」

「お祭り騒ぎなのだろう。信長の妹にあたる『市』様の輿入《こしい》れとあってはな」

これだけの人が集まっていたのは、今日、信長の妹の市が北近江の領主「浅井長政」に輿入れをする日だったからだ。

信長より、

「市と嫁入り道具を関ケ原まで運んでやってくれ」

と頼まれた十河は、この十二両編成の特別列車を用意したのだった。

普段はレールや一般客を運ぶために使用されているチキ6000形も、今日のために黒い塗装が塗り直され、側面には紅白の幕が取りつけられている。

C11形蒸気機関車の正面には織田家の家紋である「織田木瓜《おだもっこう》」と、浅井家の「三《み》つ盛《も》り亀甲花角《きっこうはなかく》」を描いた旗が、交差するように掲げられていた。

「私は会ったこともないお方ですが、やはり緊張しますね」

久しぶりに国鉄の制服に腕を通した運転士の長崎が、喉元《のどもと》に人差し指を入れてネクタイのズレを直す。

並ぶように整列している十河も国鉄の制服を着ていた。

「私も遠目にしか見たことはない」

「十河検査長もですか？」

横を向いた長崎に十河は頷く。

「お市様は鉄道に乗ることがなかったからな。女中なら話をすることはあるが、織田家の姫ともなれば、我々のような者と顔を合わす機会もない」

「そうですか」

二人の横には磯崎も来ていたが、それは単に歴史的な興味からだった。

「お市様の輿入れが見られるとは……歴史好きとしては幸せな限り」

顔をほころばせている磯崎を見て、長崎はフフッと笑う。

「なにを楽しみにしているんですか？」

　磯崎はニヤニヤと笑う。

「長崎は知らないのか？　お市様は『戦国三美人』の一人であることを」

「あぁ〜確かに、そんなことを歴史の授業で習ったような気がしますね」

　思い出すように長崎は呟く。

「お市様はたぶん十八歳くらい。その上、お輿入れとあれば、さぞや美しいだろうと思ってな。それを楽しみにしておるのだ」

　背伸びして岐阜城の方を見た長崎は、磯崎に聞き返す。

「ですが、歴史の先生からは『美人の定義は時代によって大きく変わる』とも聞きましたよ」

「それも含めて楽しみなのだ。歴史好きとしてはな」

　磯崎は嬉《うれ》しそうに微笑んだ。

「ちなみに、戦国美人のあと二人は、誰《だれ》なんです？」

「明智光秀《あけちみつひで》の娘で後に細川忠興《ほそかわただおき》に嫁ぐ『細川ガラシャ』と、豊臣秀吉の側室になる『松《まつ》の丸《まる》殿』だな」

　すっと答えた磯崎を見て長崎は笑う。

「磯崎さんは歴史の目撃者になっていますね」

「その通り。もし、現代へ戻れることがあれば、わしは『過去を見てきたかのように』学会で話をして、全ての歴史学者どもを黙らせてやるのだがな」

磯崎は両手を胸の前で組む。

「壮大な夢ですね……」

長崎は少し寂しそうに呟いた。

タイムスリップした国鉄職員の中で、一番現代に戻りたかったのは長崎だった。

だが、もう四年の月日が流れているのにもかかわらず、あの日に見たような現象は一度たりとも起きることはなかった。

長崎は日々の忙しい生活で半ば諦《あきら》めてはいたが、だからといって戦国での暮らしを磯崎のように心から楽しめているかといえば、必ずしもそうではなかった。

磯崎は長崎の背中を優しく叩《たた》く。

「どうせなら楽しんだ方がいいぞ、長崎」

「確かに……そうですね」

銀縁眼鏡のサイドに手をあてながら長崎は微笑んだ。

磯崎は十河の方へ身を寄せて小声で言う。

「お市様のお輿入れも……三年ほど早まっております」

「やはりそうか……」

十河には自分達が登場したことで、歴史が早まっているような気がしていた。

「史実では二十一歳の時に浅井長政の嫁になっていますが、ここでは十八ですから」

「我々がタイムスリップしたことで流れが速くなっているのかもしれんな。『信長が天下獲《と》りに動く』という歴史の流れは変わっていないが……」

磯崎は頷く。

「信長が家康と同盟を結び、美濃の斎藤氏を滅ぼし、岐阜城を築城するといった大きな歴史の流れに狂いはなさそうですが、年数にはズレが生じているようですな」

「それであれば、問題はないと思うが……」

「一つ問題があるとすれば、我々にもこれからなにが起きるのか『分からない』ということでしょうか？　年表通りに進むのであれば、次に起こる戦が予測出来るのですが」

十河は応《こた》えるように深く頷く。

「いつ起きるか分からないというのだな、本能寺《ほんのうじ》の変も」

「そういうことです。史実では信長が非業の死を遂げる『本能寺の変』は、天正《てんしょう》十年西暦一五八二年、旧暦の六月二日早朝のことですが、これが数年早まるとしても、いったいいつになるのか？」

その時、十河は別なことを考えていた。

それは「もし本能寺の変の日時が分かったとして、それを信長に知らせるのか？」ということだった。

このまま線路の延伸が順調に進むなら、十河は信長とうまくやっていけるだろう。そうなれば藤吉郎に天下を譲らせることなく、信長に天下を獲らせた方が國鉄には都合がいいように思える。

だが、それは歴史的な大きな転換点になる。

これまでのことだけでも歴史を数年早めているのに、もし信長が明智光秀に討たれないようにしてしまったら、いったいどんなことが起きるのか？

十河には考えがまとまらなかった。

そんな十河の悩みを察するように、磯崎が話しかける。

「すぐに答えは出さなくてもいいですよ、十河検査長」

「……磯崎」

「まだ、明智光秀も我々の前には現れていませんし、京にある本能寺は信長のものではないのですから」

そう言う磯崎の笑顔に救われる。

「そうだな。まだ時間はある」

その時、岐阜城天主の方向から『うわっ』と大きな歓声があがる。

十河が長崎や磯崎と共に振り返ると、耐火レンガで作られた真っ白な門から、頭に黒の折烏帽子《おりえぼし》をのせ、色とりどりの直垂《ひたたれ》と直垂袴《ひたたればかま》を着た男達が、一糸乱れることなく駅へ向かって歩いてくる。

その豪華な行列を住民らは、割れんばかりの拍手と大歓声をもって出迎えた。

行列には楽隊も加わっているらしく、正月の神社で聞くような「雅楽」が城の方から聞こえてくる。

雅楽は笙《しょう》、篳篥《ひちりき》、横笛、琵琶などが奏でられ、それに合わせてゆっくりと歩く輿入れ行列が、住民らの目にはとても優雅に映った。

もちろん、市と一緒に浅井家へ行く派手な着物を着た女中や、各所に金銀の装飾を施した家具や衣装箱を持つ者達も続く。

輿入れは立派と聞いていたが、実際に見た磯崎は圧倒される。

「大名同士の輿入れがこれほどとは……まるで雛《ひな》人形行列ですな」

「信長は、この行列に金子四十枚をかけたらしい」

さっと計算した磯崎は驚く。

「約二十五億ですか!?　さすがですな……」

十河は口を開いた磯崎を見る。

「そういったアピールもあるのだろう。浅井長政に対して」

「なるほど……妹の輿入れに二十五億も使える男となれば、長政も『簡単には敵に回せぬ相手だ』と考えるだろうと」

「そういうことだ」

十河は絢爛豪華な行列を見ながら微笑んだ。

行列の先頭が駅舎に入ってくると、事前に打ち合わせをしていたように駅員達が行列の者達を車両に案内していく。

三両目のチキ６０００形のフラットな車体には、嫁入り道具が次々に運び込まれて山と積み上げられ、同行する男達は後方の貨車に乗り込んでいく。

高い立場の武士や女性は、二両目のナハネフ22形寝台客車の前に案内された。

長く続いた行列が最後近くになった瞬間、一段と大きく『おぉ〜‼』という驚いたような歓声があがった。

「あれがお市様ですな」

磯崎は背伸びしたが、見えるわけではない。

屈強な男が六人で肩に担ぐ、市が乗っていると思われる輿は、二本の長柄の上に漆塗りで金細工のついた豪勢な屋形がのっているからだ。

屋形には白い絹の布がカーテンのようにかけられており、沿道に詰めかけた住民には一目見ることさえも出来ない。

絹を通して影だけが見えることから、想像がかき立てられて更に熱を帯びた。

集まった岐阜の民の全ての視線を奪いながら、黒と白の輿がゆったりと城から駅へと移動してくる。

そして、最後に黒い馬に跨《また》った信長が、陽《ひ》の光を浴びて反射する真っ白な直垂姿でついてきた。

絶世の美女と噂の市と、神のような煌々《きらきら》しさを纏《まと》う信長の登場に、岐阜の民は雅楽の雅《みやび》な音もあって心から酔いしれる。

こうした演出を行えるところが、信長の強さの一つだ。

市の輿は駅舎を通ってホームまで入り、ナハネフ22形寝台客車の前で大理石の床にゆっくり置かれる。

女中によって白い布が横に寄せられると、中から市が優雅に出てきた。

さっきまではあまり興味がなさそうだった長崎が、その美しい姿に驚いて「はっ」と思わず口にしてしまう。

市は赤い裏地の白い掛下の上に同じ色の帯を胸元に巻き、その上から桜の花びらがあしらわれた白無垢《しろむく》の打掛を羽織っていた。

煌《きら》びやかなかんざしで飾られた髪を隠すように、大きな半円形の白の綿帽子によって市の顔は下から見上げないとハッキリ見えないようになっていた。

それでも、市が現代でも絶世の美人として十二分に通用することは、十河達にも伝わってきた。

戦国時代の女性にしては透き通るように肌が白く、切れ長の細い目に顔の真ん中を真《ま》っ直《す》ぐに通る鼻筋は、現代で言えばクールビューティーといった雰囲気。

髪はツバキ油できれいに整えられており、体からはほのかにお香の匂《にお》いがした。

ホームに立った市は、十河の前で軽く頭を下げて囁《ささや》く。

「……國鉄守様。本日はよろしくお願いいたします」

「お市様、國鉄にお任せください」

十河は長崎を指して続ける。

「本日の運転は、運転士の長崎が務めますので」

市を間近で見た長崎は緊張していた。

「ほっ、本日は一生懸命に運転させて頂きます！」

叫ぶように言った長崎は、勢いで右手を額にあてて敬礼した。

妙に緊張している長崎に十河はフッと笑い、磯崎に指示する。

「磯崎、御案内を」

市の美しさに見惚《みと》れていた磯崎は、そこで正気に戻って返事する。

「はっ、はい。では、こっ、こちらへどうぞ」

磯崎はナハネフ22形寝台客車のドアを開いて中へと入った。

市は十河と長崎に会釈してから、静かに女中と共に乗り込んだ。

それを合図に供の者達も、次々に客車や貨車へと乗り込んでいく。

チキ6000形一両で二百名弱の人を乗せられるにもかかわらず、輿入れ行列の全員が乗り込むと満員に近い感じになった。

更にホームでは同じ数の供が、整然と並んで見送ろうとしていた。

十河は顔を赤らめてぼんやりしていた長崎に言う。

「長崎、出発だぞ」

「あっ、はい。失礼しました」

長崎は帽子を被《かぶ》り直して、C11形蒸気機関車の運転台へと走った。

運転台左側の運転席に座った長崎は、メーターを指差し確認しながら出発に向けてバルブを回していく。

すると、車体各部からシュュと白い蒸気の音がした。

機関助士としてスコップを持って運転台で待っていた、国鉄時代は車掌だった杉浦豊《すぎうらゆたか》が運転席の長崎を見て聞く。

「大丈夫ですか?」

「なにがです?」

「顔が真っ赤ですから、熱でもあるんじゃないかと――」

杉浦の言葉を長崎は大声で遮る。

「そんなことありません！」

「そっ、そうですか？　体調が悪いようなら、僕が運転代わりますよ」

運転士が一人というわけにもいかず、最近は杉浦が運転することもあった。

いつもと雰囲気の違う輿入れ列車を、杉浦も運転してみたかったのだ。

長崎は間髪容《い》れずに断る。

「大丈夫です！　それより罐《かま》の温度を上げてください」

なぜ長崎がそんなリアクションを取ったのか分からない杉浦は、

「……分かりました」

と、首を傾《かし》げつつ後部の石炭庫にスコップを突っ込む。

亜炭と木炭が混じった混合燃料をすくい上げ、前を向いて左足でペダルを踏んで焚口戸《たきぐちど》を左右に開いてから勢いよくボイラーへ放《ほう》り込んだ。

何度か繰り返すと、ボイラーの温度が次第に上がりだして、蒸気圧が安定してくる。

出発準備が整った長崎は、頭上に張られているロープを引く。

蒸気で鳴るフォォという木イッスルのような警笛が、岐阜の町に響いた。

そんな合図を聞いた十河が客車に乗り込もうとすると、信長がやってくる。

信長はいつになく上機嫌だった。

「十河、市を関ケ原まで頼むぞ」

　信長は豪快に笑う。

「任せておけ、國鉄は確実に人と物を運ぶ」

「そうだったな」

　機嫌良く微笑んだ信長が、十河に頭を近づけて小さな声で囁く。

「……帰りに関ケ原で客人を拾い、岐阜へ連れてきてくれ」

「……客人？　誰だ」

　十河は小声で聞き返す。

「……わしも誰が何人で来るのか聞いてはおらぬ。だが、大事な一行じゃ」

　十河には予測もつかなかったが、帰りは無人の予定だった。

「……昼頃《ごろ》に関ケ原駅に来るということじゃ」

「了解した。では、その客人を待ってから戻る。しかし、私はその客人の顔を知らないが大丈夫なのか？」

「それは心配ない。すぐに分かるはずじゃ」

　一人で面白がった信長は、声をあげて笑い出した。

　その時、もう一度警笛が岐阜駅に響く。

「ではな、十河」

信長と会釈し合った十河は、ナハネフ22形寝台客車に乗り込みドアを閉める。

すぐに最後尾の貨車に乗っていた石田が、安全を確認してビィと笛を吹く。

石田の笛を合図にして十二両編成の市のお輿入れ列車は、ゆっくりと岐阜駅からバックで離れていく。

その瞬間、ホームに並んでいた家臣らが『うおぉぉぉぉぉ‼』と戦で勝ったかのように鬨《とき》の声をあげて市を見送る。

同時に駅の屋上からは仁杉が準備した龍星が、次々に打ちあがり、青い空には白い煙と赤い火花が派手に散った。

そんな龍星に岐阜の民はよりいっそう盛り上がり、沿道に立っていた者達は市との別れを惜しんで手を振った。

この後、岐阜では市の輿入れを祝う派手なお祭りが行われ、信長が酒や食べ物を住民に振舞う町をあげての宴会になるとのことだった。

長崎はいつもよりも慎重に運転しているので、茶碗《ちゃわん》に入れた水がこぼれないような滑らかな加速をしていく。

十二両編成のバック運転で多くの客を乗せていることもあって、あまり速度を出すことは出来なかったが、それは多くの者に「市の輿入れはすごいものだ」という噂話を語らせるのにはちょうどよかった。

そういった噂は底知れぬ財力を語ることになり、信長が戦を行う銭も多く持っていることが伝わればそれが抑止力となるからだ。

四人用と二人用の椅子《いす》とテーブルが並ぶナハネフ22形寝台客車は、多くの女中で埋められており、五人ほど乗っていた男のうちの一人は馬廻衆の新介だ。

新介は市の輿入れ行列の警備責任者として、北近江の小谷《おだに》城まで行く予定だった。

多くの人が客車に乗り込んでいたが、一番奥の市が座る四人用のテーブルにはお供の女性が側に一人しかいない。

誰も彼も市に遠慮して、周囲を大きく空けるようにしている。

十河と磯崎は客車内の手前のところで並んで立っていた。

これは国鉄時代からのクセで、お客様が乗り込んでいる列車内では、国鉄職員がシートに座ることは暗黙のルールで禁止されていたのだ。

スピードが上がったことで車内は走行音でうるさくなってきたので、十河は磯崎だけに聞こえるような声で話し出す。

「どうだ？　実際にお市様を見た感想は」

頭にかけた綿帽子であまり顔の見えない市を磯崎は見つめ直す。

「いや～想像以上でした。お市様は肖像画が残っておりましたので、なんとなく想像は出来ておったのですが、まさに『戦国三美人』のお一人でしたな」

磯崎は「良いものが見られました」といった感じのホクホク顔だった。

「そうか、それは良かったたな、磯崎」

最初は笑っていた磯崎だが市を見ているうちに、次第に笑いが枯れてきて最後には「はぁ」と小さなため息をついた。

「どうした？」

磯崎は窓に目をやる市の横顔を見つめる。

「いえ、こんな晴れやかな日に言うのもなんですが、これから先のお市様の運命を考えると、幸せそうであればあるほど悲しくなってきてしまいまして……」

十河も少しだけ市については知っていた。

「確か、夫に先立たれるのだったか？　お市様は」

なんとなく「戦国の悲劇のヒロイン」ということだけは知っていた。

磯崎はゆっくりと頷く。

「お市様はこうして浅井長政に織田家との同盟のためにお輿入れしますが、二人の仲は睦《むつ》まじく、二年後には長女の茶々《ちゃちゃ》、三年後にはお初《はつ》、六年後にはお江《ごう》という娘を三人授かっています」

「それは幸せなことだな」

「ですが、その後に織田家と浅井家の同盟は破綻《はたん》。北近江の小谷城は信長によって攻め落とされて浅井長政は自害。お市様は三人の娘を連れて城を出て、岐阜城に戻ってくることになるのですよ」

　磯崎は寂しそうに呟いた。

「そうか……今日輿入れする夫とは、信長のせいで死に別れる運命なのか」

「ええ、この世界も史実通りに事件が起こるのでしたら……」

　磯崎の話を聞いていた十河の頭に、もたげてくるものがある。

　それは信長と浅井の同盟が破綻する原因を市に伝えておけば、

「浅井長政は死ななくても済むのではないか？」

　という思いだった。

　十河には市との付き合いはまったくないが、いくら戦国の世の姫とはいっても、出来ることなら幸せであって欲しいと願ってしまう。

　だから、こうした話を磯崎から聞くと「なにか出来ないものか？」と、心の中で思ってしまうのだ。

「その後もお市様は柴田勝家と再婚して……」

　それには十河は驚く。

「あの勝家と？」

　いつも怒っているように不機嫌そうで、戦のことばかり考えている強面の柴田勝家と市が夫婦になるという姿が、十河には想像出来なかった。

「ええ、本能寺の変の後に行われた清洲会議の結果、お市様は勝家と共に越前の北ノ庄城《きたのしょう》に移るのですが、すぐに羽柴《はしば》秀吉が攻めてきて……」

そこで一旦《いったん》話を切った磯崎は、すっと涙を右の人差し指で拭《ふ》いてから呟く。

「北ノ庄城で勝家とお二人で自害されるのです」

「そんな運命が待ち受けているのか、お市様には」

現代の同年齢の子達に比べれば大人びているが、また十八歳のあどけない少女が織田信長の妹として生まれたばかりに、そんな辛《つら》い運命を背負わなくてはいけないことに十河は悲痛な思いを抱いた。

その時、市の横に座っていた浅葱《あさぎ》色の小袖《こそで》を着たお供の女子が立ち上がり、中央の通路を十河へ向かって静々と歩いてくる。

全員が注目している中、小柄なお供の女子は十河の前で立ち止まり頭を下げる。

背は低く百四十五センチくらいで、歳《とし》は十五歳くらいに見えた。

「どうかされましたか？」

十河は信長にはそんな口の利き方はしないが、國鉄の列車に乗車してくれるお客様には、いつもこういった丁寧な話し方をしていた。

顔をあげたお供の女子は、目が大きくかわいい感じで、ガラス窓を通して入り込んだ太陽の光を浴びて肩までの黒髪が鮮やかに輝いた。

「お市様が國鉄守様と、少しお話をしてみたいとおっしゃっています」

頭の回転が速そうで、ハッキリとしたしゃべり方をする。

誘われたのは嬉しかったが、今日は輿入れの列車と思うと気が引けた。

十河は視線を感じる周囲に目配せをする。

「よろしいのでしょうか？　輿入れされる姫と私のような者が話などしても」

「『輿入れの時は、他の男と話してはならぬ』という禁忌はありません」

周囲にも聞こえるように、ハッキリと言い放つ。

そこで十河は、誘いを受けることにする。

「では、少しだけ」

お供の女子は、そこで初めて優しく微笑む。

「ありがとうございます、國鉄守様」

回れ右をしたお供の背中を追いかけるように、十河は客車の通路の真ん中を歩き一番奥の四人用テーブルに着く。

今までは少し「華美に過ぎる」と感じていた金箔《きんぱく》を貼《は》った白木造りの豪華な車内だったが、市が座ると違和感がまったくなく、「こうしておいて良かった」と十河が感じるほどだった。

のようだった。

市が乗ることでナハネフ22形寝台客車は本当の意味で御料車になり、車内は走る天守閣
お供の女子に対して、市は静かに言う。

「春《はる》、ありがとう」

春と呼ばれたお供は、テーブルからゆっくりと離れ、窓の側に立って控えた。

「國鉄を代表してお祝いの言葉を贈らせて頂きます。本日はお輿入れ、まことにおめでとうございます」

「ご丁寧なご挨拶《あいさつ》ありがとうございます」

市は立ったままの十河に、前の椅子を白い手で指し示す。

「國鉄守様。どうぞお掛けください」

市の名が戦国三美人などとして残ったのは（こうした動きを含めた、醸し出す雰囲気からなのだろうな）と十河はその時感じていた。

もちろん、顔も美しいのだが、市は立ち居振る舞いが日本舞踊のように艶《あで》やかで、発せられる声は透き通って誰よりも言葉遣いが丁寧だった。

「では、失礼いたします」

十河は椅子を引いて、市と相対するように座る。

市の着る白い打掛は真紅のビロード張りの椅子に、とてもよく似合っていた。

「國鉄守様のお噂はかねがね……。兄を始め多くの方々から聞いておりました」

「悪い噂でなければよいのですが……」

照れを隠すように十河は微笑んで応えた。

綿帽子を被った頭が、本当にゆっくりと左右に動く。

「いえ、織田家のために多くの戦場《いくさば》で素晴らしい働きをされたとか。國鉄守様のおかげで尾張の民の生活が豊かになったとか」

あまりそういうことを聞く機会もなかったので、十河は素直に嬉しかった。

「ただ我々國鉄は時刻通りにお客様とお荷物を、駅から駅へ運んでいるだけなのでございます、お市様」

「その働きが……尾張にとって、尊いものなのでしょう」

市の口元が、ほんの少しだけ上がったように見えた。

「ありがとうございます。國鉄に関《かか》わる全ての者を代表して、お礼申し上げます」

上半身を少し傾けた十河を、市は細い目で見つめる。

「わたくしが輿入れを済ませば、線路を北近江まで延ばされるとか……」

市は戦国の者としては珍しく、ちゃんと「線路」と発音した。

「日本海へ向かって延伸し遠くの国々と交易しようと思っております」

「それでは……兄上の国は鉄道の力で益々栄えましょう」

十河は微笑んで応える。

「はい、國鉄が走ることによって、北近江の人々も豊かになると思います」

「それは良きことです。よろしくお願いいたします、國鉄守様」

「努力いたします。微力ながら」

城を出ることがないのに、尾張や鉄道のことについてしっかりと把握していることから、十河は市の聡明《そうめい》さを感じた。

十河はそんな市を見ながら（こうした部分にも惹《ひ》かれていったのだろうな。浅井長政も柴田勝家も）と思った。

それだけに、これから訪れる不幸な未来のことが気になってしまった。

「織田家と浅井家の同盟……末永く続けば良いと思います」

将来の幸せを願うあまり、十河は口を開いてしまった。

そんな十河の思いを市は察する。

「それは兄上の考え。わたくしに政は関係ありません」

「お市様……」

「浅井家に輿入れをする以上、わたくしは本日より浅井の者として、長政様に一生お仕えするつもりでございます」

僅《わず》か十八の少女が自らの政略結婚という状況を理解し、こうした覚悟をしていることに十河は心から驚く。

（現代の高校三年生で、ここまでの覚悟をもった者はいるまい）と十河は思う。

輿入れの日に失礼なことを言ってしまったような気がして頭を下げる。

「大変失礼いたしました」

「謝ることはなにもありません、國鉄守様」

市は少しだけ顔を動かして進行方向右の車窓を見つめて続ける。

「城で鉄道の話を聞き、一度は乗ってみたいと思っておりました。さすが、噂に聞く……『馬を超える』速さでございますね」

「誰もが早く移動出来る。それが鉄道のいいところですので……」

頭をあげた十河は、車窓に映る長良川の煌めく水面《みなも》を一緒に見つめる。

大きな街道沿いに敷かれた今までの路線と違って、真岐阜支線は堤防の上を走るので見晴らしがよく、周囲の景色が遠くまでよく見えた。

美濃の主な街道は、両側に側溝を備えた幅約六メートル半の道路に信長が全て作り直したので、堤防下には新たに作られた道がある。

田んぼは稲刈りを待つ稲穂が風に揺れて、まるで黄金の海原のようだった。

線路沿いには市のお輿入れ列車を見たいとやってきた者がどこまでも並んでいて、前を通りかかると列車に向かって手を大きく振った。

線路近くまで迫る人の多さに、長崎が何度も汽笛を鳴らす。

堤防の上を走る列車は、短い間隔で上下に揺れていた。

「あまり乗り心地がよくなくて申し訳ない。真岐阜支線は短いレールで作っているものですから」

「馬や輿に乗ることを思えば……静かなものです」

岐阜から洲俣信号所までは約十二キロなので、三十分程度で到着する。

十河は椅子を引いて立ち上がる。

「では、列車での旅をごゆっくりお過ごしください。後もう少しとなりますが」

「はい、國鉄守様。貴重なお話をお聞かせ頂き、ありがとうございました」

十河は「いえ」と微笑み一礼してから、客車の前方ドア近くまで歩く。

そして、ドアを開いて信号所付近の状況を確認した。

全車両が真東海道本線に入ったのを確認してから、十二両編成の列車は停車する。

すぐにC11形蒸気機関車の運転台にいた機関助士の杉浦が飛び降りて、信号所にあるポイントに飛びつき関ケ原方向に切り替える。

ポイントを指差し確認して戻ってきた杉浦と共に、最後尾にいた石田も線路脇《わき》を走ってきて運転台にのぼった。

再びフォォと汽笛が鳴らされ、今度はC11形蒸気機関車を先頭に輿入れ列車は西へ向かって走り出す。

洲俣信号所を越えてすぐの場所に、藤吉郎が城主の洲俣城がある。

その前をゆっくりと通過し始めると、城の方から岐阜駅と同じように『おぉぉぉ‼』という鬨の声が響き、城の各所から百はあろうかというノボリが左右に振られた。

砦の櫓《やぐら》には肩衣《かたぎぬ》姿の武者達が並び、手を振りながら口々に「お市様〜‼」と声をあげており、その真ん中に立つ藤吉郎は最も大きな声で叫んでいた。

「お市様っ‼　お達者で――‼」

洲俣城からも数十発の龍星が打ち上げられ、青い空には火の粉の花が咲く。

そんな龍星に見送られながら、新たに架けられた長良川のコンクリート橋を列車がゆっくりと渡っていく。

木製からコンクリート製となったことで強度的には安心だったが、それでも國鉄が戦国時代に作った初めてのコンクリート構造物だったので、運転士の長崎は慎重になっていた。

ひと際大きくなる走行音が車内に響き、欄干などがない左右のガラス窓から、ゆったりと流れる長良川の水面が近くで見られる。

初めて列車に乗る女中らは左右の窓に集まって感嘆の声をあげた。

長良川を渡ると、線路は街道と並走するように走りだす。

その時、市の供である春が、十河のところへやってくる。

「先程はありがとうございました、國鉄守様」

普通の女子である春ならば、市とは違って気楽に話せる。

「いや、何もしていない。ただ、話をしただけだ」

振り返った春は、一人で座る市を見る。

「いえ、とても緊張されていましたが、國鉄守様とお話されて楽になったようにお見受けしました」

「そうか。ならばよいが……」

「そう言えば、國鉄守様──」

右手をあげて話を遮った十河は、照れくさそうに微笑む。

「すまない。その呼び方はやめてもらえないだろうか。若い女子にそう呼ばれると、私としてはこそばゆい」

春はくったくのない笑顔で聞き返す。

「では、なんとお呼びすれば、よろしいですか？」

「単に『十河』でいい」

「では、十河様。一つお聞きしたいことがございます」

「私で答えられることであれば……」

笑顔で応じた十河に、春は大きく頷く。

「私は将来、この鉄の牛を操ってみたいのですが、叶《かな》うでしょうか？」

濁り一つない大きな瞳《ひとみ》を春は輝かせた。

「ほお、戦国の世で初めてだ。そういうことを言う女子は」

車内を見回してから、春は顔をあげる。

「よく『変わり者』と言われます」

楽しそうに笑う春の頭の少し上に、十河は開いた手を置く。

「是非、國鉄へ来て欲しい。もう少し歳を重ねて大きくなってからだが」

「本当ですか⁉」

驚く春に十河は微笑む。

「もちろん、多くのことを学んでもらわねばならないが、國鉄の運転士は『女子だから』と出来ない仕事ではない」

小さく跳ねた春は、嬉しそうな顔で垂らしていた十河の右手を両手で摑《つか》む。

「ありがとうございます、十河様。では、もう少し大きくなりましてから、國鉄に伺わせて頂きます」

少女に突然摑まれた十河は、照れながら応える。

「こちらこそ、よろしく頼む」

手を放した春は腰をしっかり折り曲げて頭を下げてから、回れ右をして市のところへ戻っていった。

大垣の住民らも「お市様の輿入れ列車を一目見よう」と繰り出し、沿線の近くまで多くの人々が座り込んでいた。

長崎が事故を起こさないように低速で走ることにしたほどだった。

その先にあった大垣城の桑原直元も歓迎するように多くのノボリを家臣達に振らせ、城からは、常ならば戦で使われる太鼓や法螺貝《ほらがい》の音が聞こえてきた。

こうしためでたい列車は初めてのことで、どうすればいいのか分からないからなのだろう。

民が詰めかけていた大垣を通過し、普段は鉱石を積み込む金生山も通り越すと、緩い登り勾配《こうばい》となって速度が一気に落ちるのが分かる。

C11形蒸気機関車の煙突からは黒々した煙が立ち上り、左右には白い蒸気を大量に吐きながら列車はゆっくりと走って行く。

客車の前扉のところに立って、十河は磯崎と心配そうに運転台を見つめる。

「こんな長い編成での関ケ原は初めてだが……大丈夫か」

「長崎なら、なんとかするでしょう」

必死にレバーやバルブを調整する長崎を磯崎はガラス窓越しに見守る。

線路自体は半年ほど前に完成していたが、美濃と近江の国境《くにざかい》で大きな町もない金生山から関ケ原間は、あまり列車を走らせていなかった。

ここら辺には大垣や岐阜へ運んで売れるような品物もないことから、地元の商人が乗車する旅客需要もなかったからだ。

物流である鉄道は、やはり両端が人口の多い都市であることが望ましい。

そんな事情から十二両もの長大編成が、金生山を越えて関ケ原へ向かうのは輿入れ列車が初めてとなったのだ。

「関ケ原は、昔から鉄道の難所だな」

「戦国時代でも関ケ原は、我々の前に立ちはだかりますな」

「川なら橋で越せるが、山は簡単には越せんからな」

摩擦力の高いゴムタイヤで約ハガキ一枚の接地面積がある自動車と比べて、鉄の車輪とレールで摩擦係数を低くさせる鉄道は、接する面積が直径一センチほどの楕円しかないために、勾配にとてつもなく弱い。

現代なら前に立ちはだかる山を長大なトンネルで突破するところだが、戦国時代には金や銀を掘り出す「坑道」を掘ることはあっても、人や馬のためにトンネルを掘ることはなかった。

そのために、日本の多くの街道では、ジグザグな細い道で山を越えていく「峠《とうげ》」が数多く作られたのだ。

前方にあるピストンの音が高まるほどには、蒸気機関車の速度はあまり上がらない。

長崎が操作している運転台には逆転機と呼ばれる回転させるハンドルがあり、これが自動車のギアの切り替えのような役目を果たす。

登り勾配区間でレールを力強く捉《とら》えるようにすると、速度が出せなくなるのだ。

ここからは控え目な運転をする余裕はない。

十河と磯崎が見ていた運転台では、洲俣信号所から乗り込んだ石田も機関助士となって必死に働いていた。

低速で走ると煙突からのばい煙が運転台へも絡みつくようになり、周囲に煙が漂ってくるので三人とも手拭《てぬぐ》いをマスク代わりに顔に巻きつける。

混合燃料に石田がスコップを差し込むと、杉浦が咳《せ》き込みつつ右奥を指差す。

「石田、この区間だけは石炭のみでいい。混合燃料じゃ罐の温度が上がり切らない！」

周囲の音がうるさくて、二人は叫ぶように会話した。

「分かった！」

石田と杉浦は歳が近いので、いつも話す時はラフな感じだった。

「今日は十二両編成だから、全開でいかないとっ」

「そうだなっ」

石炭だけをすくった石田は、振り返ってペダルを踏みボイラーに叩き込む。

焚口戸が開くと、炎が噴き出して熱波が襲ってきた。

関ケ原の秋と言えば涼しいものだが、運転台だけは真夏のような気温。

ボイラーの温度が上昇し徐々に蒸気圧が上がってくると、Ｃ11形蒸気機関車の六つの小さな動輪が力強く回りだし、必死ながらも登り勾配を進んでいく。

ボイラーの中央に窪《くぼ》みが出来るよう火床を作ろうと心掛けて、杉浦はスコップにのせた石炭をボイラーに放り込み続ける。

杉浦は現代にいた時は電車の最後尾に乗る車掌しかしたことがなかったが、戦国時代に来てから長崎の機関助士となって働くようになり、今では最もボイラーの扱いに長《た》けた者になっていた。

「ここって、パーミルはいくつになったんだっけ⁉」

汗を拭《ふ》きながら杉浦が、関ケ原の延伸工事にも加わった石田に聞く。

「二十パーミルから、最大で二十五パーミルだっ！」

「二十五パーミル⁉　それ、国鉄の限界じゃないか！」

杉浦は瞼《まぶた》を何度か動かした。

二十五パーミルは角度で言えば１・４度なので、実際にそこに立っても平坦に見えてしまうが、この千メートル進む間に二十五メートル標高が上がる勾配は、鉄道関係者が聞いたら誰もが「急勾配」と応える数値。

これほどの坂は、現代の国鉄でも数か所しかなかった。

「どうして、勾配の緩い新垂井線の方に線路を敷かなかったんだよ？」

「しょうがないだろ。トンネルが掘れないんだから」

十河はメインとなっている機関車が非力なＣ11形蒸気機関車であることを考慮して、極力急勾配にならないように線路を建設してきた。

そして、関ケ原越えのルートについては、先輩から聞かされてよく知っていた。

関ケ原は両側に山が迫っていて、明治の頃でも抜けられる場所が少ない。

そこで最初の直線で敷かれた路線は二十五パーミルの勾配となってしまい「東海道本線の難所」は、後の高速輸送の妨げになった。

後年、北側の山を登るように迂回する「新垂井線」というものが建設されて、こちらは山を登る線、元々の路線は降りる線とされたのだった。

もちろん、それを知る十河は新垂井線ルートも検討したが、まだ街道さえ作られておらず数か所にトンネルを掘る必要があった。

そこで、明治の国鉄の先輩達と同じように、急勾配は伴うが街道沿いの直線をルートとしたのだった。

そのうち、下からキィィンという金属の擦れる音が響き出す。

そして、一気に進むスピードが落ちた。

杉浦が状況を運転士に報告する。

「空転しかけてます！　長崎さん」

長崎は冷静に前にあった一つのレバーを指差し確認して引く。

「砂撒《ま》き、よしっ」

すると、下部の車輪の方から吹き付けるような音がして、車体全体を小刻みに震わせながらゆっくりと速度が戻りだす。

これは砂撒き装置というもので、日本の蒸気機関車には早くから装備されていた。鉄の車輪とレールの間を狙うようにノズルがついており、そこから放出された乾燥した砂によって一時的に摩擦力が増大する。

速度が戻り始めた矢先に、今度はボイラーの温度計が下がり出す。

それを見た石田が石炭をくべようとすると、そのスコップを杉浦が摑んで止める。

「石田、石炭が足りないいんじゃなくて、酸素不足なんだよ」

「酸素不足～？」

首を捻《ひね》る石田の前で長いひっかき棒を取り出した杉浦は、焚口戸から突っ込んで中をかき回すようにしながら火床を整えていく。

すると、暗くなっていた炎が、再び赤々と燃え始める。

「たまにこうしてやらないと、石炭同士が詰まって不完全燃焼を起こすんだ」

「手間のかかる乗りもんだな～蒸気機関車は」

汗を拭きながら石田が呆れると、杉浦は嬉しそうに笑う。

「でも、蒸気機関車って『生き物』って感じがして、電気やディーゼルよりも『運転している』って実感があるんだ」

「……そうか」

石田が線路の周りの建築物を作るのが楽しいように、杉浦も戦国でなければなることもなかった機関助士を、おもしろく感じているようだった。

「さて、後もう少しだから頑張ろう！」

石田は「了解だ」と、杉浦と手を合わせた。

砂によって得た摩擦力で動輪が踏ん張り、Ｃ11形蒸気機関車は大量の煙と蒸気を噴き出しながら、なんとか勾配を登り続けた。

運転台には煙が逆流してきて灼熱《しやくねつ》地獄と化したが、長崎、石田、杉浦の三人は運転に専念した。

やがて長い勾配区間を突破して、Ｃ11形蒸気機関車のピストンの音が軽やかになるのが分かる。

ほっとした三人は顔を見合わせてハイタッチし合った。

金生山駅から関ケ原駅までは、十キロしかないが約四十五分かかった。

やっとの思いで勾配を登り切った場所には平らな区間があり、そこで真東海道本線は途切れていて、先端には車止めが置かれている。

この先を進めば近江となり、信長の勢力圏ではなくなるからだ。

甲高いブレーキ音をあげて列車が無事に関ケ原駅に停車すると、罐に一時間近く燃料をくべ続けてきた石田と杉浦は、ため息をついて倒れるように座り込んだ。

「ちょっと関ケ原はキツ過ぎだぞっ、杉浦」

普段は保線の仕事しかしていない石田は、この区間の機関助士は初めてだった。

「関ケ原が『難所』って話を聞いたことはあったけど、ディーゼルや電気じゃまったく辛いなんて感じなかったもんなぁ」

その二人のバテ方が、関ケ原が難所であることを表していた。

「石田君、杉浦君……はぁ……お疲れ様でした」

運転席から出てきた長崎も顔は汗びっしょりで、息は荒かった。

「杉浦、機関助士を育てろよな」

体全体で息をしながら、石田は杉浦を睨《にら》むように見る。

「そうだな。少しずつ育てているんだけどさ。ここを毎日のように通るようになるなら、機関助士はかなり揃《そろ》えないとなぁ～」

運転台の壁にもたれながら杉浦はフッと笑った。

ここは関ケ原駅としてあるが、横向きに板を四両分程度並べたホームしかなく、駅舎は工事の時に使っていた現場事務所だった。

それ以外にはなにもなく、今の國鉄では一番のローカル駅といえた。

十河と磯崎は客車のドアを開いて、中に乗っていたお客様を誘導していく。

「ご乗車ありがとうございました」

一人一人に頭を下げながら二人は見送る。

後ろの貨車からは供の者達が一斉に下車して、岐阜で組んだ時のような輿入れ行列を再編成していく。

そんな男達を見ながら磯崎がすまなそうな顔をする。

「やはり貨車に乗った人達には、申し訳なかったですね」

それは急勾配を走ることによって蒸気機関車が噴き出したばい煙が、後方の貨車に乗っていた者らに降りかかって、服のあちらこちらに黒いシミを作っていたからだ。

だが、なぜか供の者達は「黒光りじゃ」と喜んでいる。

「鉄道に乗った証《あかし》になるらしいからな、あれが」

「現代なら、トラブルですよ」

磯崎は不思議そうな顔をした。

しばらくすると輿が用意され、市はそれに乗り込もうとする。

その時、運転士の長崎が、側にやってきた。

「ご乗車ありがとうございました！」

ススで汚れた顔で長崎が敬礼して微笑むと、市は小さく会釈して応える。

「長崎様、ここまで、ありがとうございました。では……」

優雅な動きで輿に乗り込む市を、長崎は取《と》り憑《つ》かれたように目で追っていた。

市の周囲に布が掛けられると、近江へ向かって二千名近い輿入れ行列が動き出す。

輿の横を歩き出した春が、十河に笑いかける。

「十河様。また、どこかで」

現代と違って戦国時代の別れは、いつも二度と会えないような重さが宿る。

「いずれ北近江の駅で」

「そうですね。列車が北近江に来るのを楽しみにしています」

春は楽しそうに笑った。

煌びやかで優雅な行列を、十河らはホームに立って見送る。

その時、素早くC11形蒸気機関車の脇に走った長崎は、窓から手を伸ばして天井のロープを引く。

腹の底から湧《わ》き上がるような汽笛が、駅の間近に迫っていた関ケ原の山々に反射して、何度もこだまのように響く。

それはまるで「さよなら」と言っているように聞こえた。

◇

市の輿入れ行列は昼までに関ケ原に着いていたが、信長の言う客人はすぐにはやってこなかった。

その間に十河らはC11形蒸気機関車の石炭庫の脇の約七立方メートルもあるタンクに、大量の湧き水を注いでいた。

小型とはいっても蒸気機関車は大量の水を消費する機械で、水がなくなったら動けなくなってしまうことから、熱田、清洲、岐阜、洲俣、関ケ原の各駅には、巨大な樽《たる》のような木造の給水施設が造られている。

熱田は井戸、岐阜と清洲と洲俣は川から水を引いていたが、関ケ原では山に太い竹を打ち込んで、そこから出てきた湧き水を溜めて使っていた。

この水は清らかで透明度が高く、駅の飲料水としても使用している。

蒸気機関車のボイラーの温度をあまり下げないようにして長崎は待っていた。

「戦国タイムならいいですが、明日とかじゃありませんよね？」

そんな心配をしたのはC11形蒸気機関車が、毎日、午後からの一往復の定期列車で使用されるからだった。

「そんなことはあるまい」

「本当ですか？」

ため息混じりに応える長崎に、十河は弁当を食べる仕草をする。

「待っているとしよう。昼飯でも食べてな」

「分かりました」

戦国時代には正確な時刻を刻むことは出来ない。

そのため、待ち合わせと言ってもアバウトなものだったし、國鉄のダイヤにしても「午前と午後に、熱田と岐阜を往復する列車が一本」というラフなものだった。

それでも、数年間やっていれば一定の時刻に出発するので、住民らも乗り遅れないようになってきた。

それに列車が遅れても「仕方がない」と笑うだけで文句も言わなかった。

関ケ原駅舎となっている、一室しかない元工事現場事務所で十河らは昼飯をとった。

とにかく火を起こすのが面倒な戦国時代で、弁当と言えば「握り飯」だ。

岐阜駅の駅員らが朝に作ってくれた握り飯三つと漬物が入っている竹包みを、石田が十河、磯崎、長崎、杉浦に手渡していく。

木の卓を囲むようにして座った五人は、それぞれの竹包みを開く。

中には茶色がかった米の大きな握り飯が入っており、一口食べるといい塩梅《あんばい》にまぶした熱田神宮の塩の味が口に広がった。

単なる米を握っただけだし、もっちり白いというお米でもなかったが、現代のコンビニで食べていた味とはまったく違うおいしさが感じられた。

「これで味噌汁《みそしる》があれば幸せなのになぁ」

そう呟く杉浦に、磯崎は奥の小上がりにある囲炉裏《いろり》を指差す。

「作りたかったら作っていいぞ。わしも一杯欲しいところだ」

「欲しいですが、火を起こすのが面倒ですよ」

「じゃろうな」

そんな二人の会話に、十河達は笑った。

「お市様の輿入れが終わったということは、ついに北近江延伸ですか？」

大きめの握り飯に食らいつきながら、石田が十河に聞く。

「そうだな、敦賀を目指す。関ケ原を越えてな」

「國鉄もかなり大きくなりますね」

「そうなるな」

磯崎が漬物を口に放り込む。

「とは言っても……木ノ本《きのもと》までくらいでしょうな」

現代では琵琶湖の北にある、その駅名を聞いた杉浦が首を捻る。

「あれ？　敦賀まで行くんじゃないんですか？」

そんなことを言う杉浦を、磯崎は呆れて見つめる。

「杉浦、なんか忘れてないか？」

「忘れてないか〜？」

運転士の長崎は、すぐに気がつく。

「……深坂《ふかさか》トンネル」

「そう、敦賀の前には賤《しず》ヶ岳《たけ》などを有する山岳地帯が立ち塞《ふさ》がっている。あれを突破するには長大なトンネル工事が必要になるからな」

「ですので敦賀とはいっても……木ノ本くらいになると」

納得した杉浦に、磯崎はゆっくり頷く。

「明治時代でも北陸本線は、長い間『木ノ本』止まりだったそうだぞ」

「國鉄の延伸は『トンネルを掘らずに、どこまで敷けるか？』ということになりそうですね」

長崎は眼鏡フレームの真ん中を指でおさえた。

「……そうだな。私もトンネル工事は素人に近い」

十河がボソリと呟くと、石田が勢いよく応える。

「私の方でトンネル工事も研究してみます！」

磯崎はしっかり頷く。

「海外ではトンネルはあったわけだし、戦国時代でも金や銀を掘り出す『坑道』を作る技術者はおったんだからな。今の國鉄にはコンクリートもあるのだから、もしかすると、ある程度の物は作れるかもしれんぞ」

「そうすれば、日本中に線路を延ばせるはずです！」

石田が十河のために、そう言ってくれることは嬉しかった。

「だが気をつけてな。トンネル工事は命の危険を伴う」

「明治に造られたトンネルには、常に落盤事故がつきまとったらしいからな」

磯崎は真剣な顔で言った。

「はい、安全を考慮した短いトンネル工事からやってみたいと思います」

石田は嬉しそうに目を輝かせた。

握り飯を食べ終わった杉浦が、竹包みを片付けながら聞く。

「十河検査長、木ノ本へ向かうルートは、どこを予定しているんですか？」

「関ケ原から米原《まいばら》まで敷いて、そこから北上して長浜《ながはま》、木ノ本へ延伸したいものだ、本来ならばな……」

長崎が茶碗に入れた水で、握り飯を流し込む。

「そのルートは、無理なんでしょうか？」

「遠すぎるのだ、米原が」

「そうなのですね……」

　長崎は残念そうに言う。

「今でもレールには余裕があるわけではない。反射炉によってレールが生産出来るようになったといってもな」

「そうなると、なるべく短く敷きたいと……」

　十河は静かに頷く。

「関ケ原から北国脇往還《ほっこくわきおうかん》に入って春照宿《すいじょうしゅく》を抜け、信長と同盟を結んだ浅井長政の居城『小谷城』の城下町である小谷宿を通って、北国街道《ほっこくかいどう》へ出るつもりだ」

　それは伊《い》吹山《ぶきやま》の麓を回りこむ中山道《なかせんどう》から、北国街道へショートカットする脇道に沿って敷くルートだった。

「なるほど……」

「このルートなら高低差も少ない」

　全員が納得して頷いたが、一人腕を組んでいた磯崎がボソリと言った。

「そのルートには、いくつか思うことがあるのですが……」

「なにが気になる、磯崎」

「もう少しだけ琵琶湖側へ寄せて『今浜《いまはま》』を、かすめられませんでしょうか？」

「意味があるのか、今浜に」

磯崎は首を縦に振る。

「現在は今浜と呼ばれている小さな港町だと思いますが、近い将来、秀吉が町を整備して『長浜』という大きな町になるのです」

歴史に詳しい磯崎らしい狙いに十河は感心する。

「そういうことか。さすがだな、磯崎」

「今は小谷城周辺の方が、今浜よりも栄えているかもしれません。ですが、小谷城周辺は廃《すた》れてしまい、近江の中心は長浜になるかと……」

そこで区切った磯崎は、ため息混じりで続ける。

「信長によって浅井長政の小谷城が、攻め滅ぼされるからなのですが……」

十河達は今日初めて市に会ったばかりだが、やはりお客様として乗せた人が将来不幸になると分かると、胸が締め付けられる。

驚いた長崎はテーブルに手をついて立ち上がる。

「あっ、浅井長政!?　では、お市様はどうなるんですか!?」

特に長崎は、それを強く感じていた。

「お市様は落城寸前に助け出されることに……史実ではなっているがね」

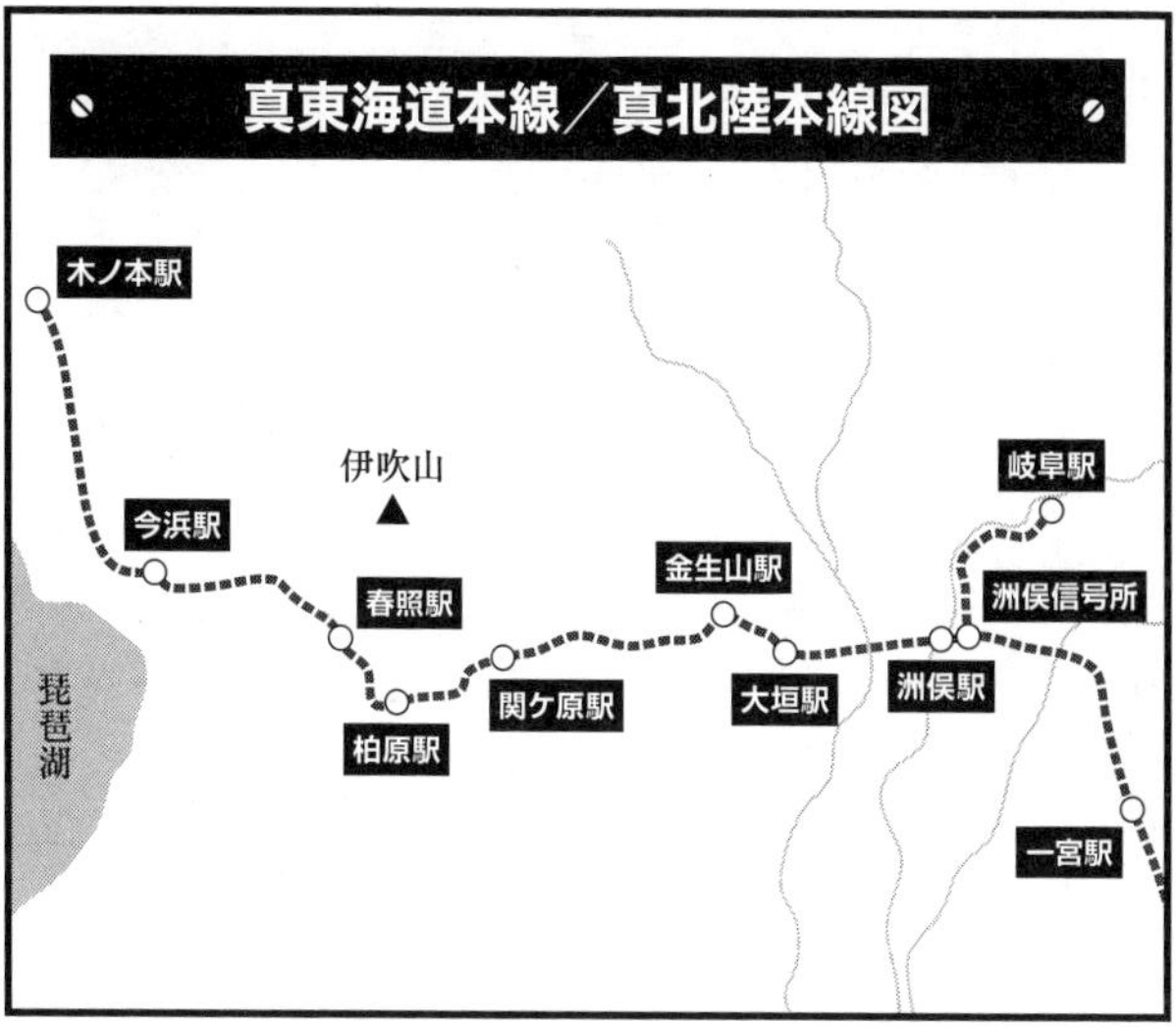

「そっ、そうですか……」

ほっとした顔で長崎は、ゆっくり座る。

心配そうな長崎を見ながら、十河は優しく笑いかける。

「まだ先の話だ、長崎」

「そうですよね。今日、輿入れしたばかりなのですから……」

十河は全員の顔を見て続ける。

「鉄道は人と物の多いところを通らなくては意味がない。だから、長浜経由のルートを考えてみることにしよう、磯崎の意見を入れてな」

十河の考えに他の者は納得したが、なぜか磯崎はまだ浮かない顔をしていた。

「そうしておいた方が……いいと思い

ます」

「磯崎、まだ何か――」

気になった十河が声をかけた瞬間、窓から外を見ていた杉浦が遮る。

「あれ？　誰か来ますよ」

全員で立ち上がって北近江方面を見ると、街道を歩いてくる輿が一つ見えた。

市のものよりは遥かに簡素だが、上には木製の屋形のついた輿を、小袖を着た四人の男達が運んでいる。

その前には先導するように直垂袴姿で腰に二本の刀を差し、背中には火縄銃を入れた袋を背負った武士が一人だけついているのが見えた。

輿に乗る男の着物は、品が良いもののように見える。

「それなりの人なのでしょうな。輿に乗ってやってきたということは……」

そう呟いた磯崎に十河が応える。

「信長曰《いわ》く……『大事な一行』らしい」

「大事な一行……ですか」

少し磯崎は考えてみたが、答えは思いつかなかった。

十河達は昼飯の後片付けをしてから、駅舎を出て整列する。

輿の上に乗っているのは、あまり尾張や美濃では見ない体の線の細い男性で、下には指《さし》貫《ぬき》という幅の広い黒袴を穿《は》き、直衣《のうし》と呼ばれる袖の大きな前合わせのない服を着て、頭には高さのある黒い立烏《たて》帽子を被っていた。

「あの服から見て……公家《くげ》でしょうか？」

十河の横に立つ磯崎が言う。

「公家が信長に？」

輿の上の男はホームに停まっている列車を見上げる。

「ほぉほぉ、これが噂に聞く『信長の鉄の牛』か。実際に見ると、確かに見事なものよのぉ」

男の言葉も尾張では馴染《なじみ》のない、確かに公家言葉のような柔らかい感じがした。

側を歩いていた紺の直垂袴の男が応える。

「これが全て鉄で出来ておるとは……信じられませぬ」

「そういうところが、さすがの信長ということじゃのぉ」

やがて、十河らの五メートルほど手前で一行が立ち止まる。

その瞬間、輿の上の男は、口元を扇子で隠しながら不機嫌そうにする。

「この者達は、どうして跪《ひざまず》かんのじゃ？　光秀」

その瞬間、十河の心臓が止まりそうになる。

鋭い目を持つ賢そうな顔を見ながら（これが明智光秀か⁉）と心の中で叫んだ。

同じ気持ちだった磯崎も、思わず息をのむ。

「こちらにおわす方は、室町幕府の正式な後継者『足利義昭公《あしかがよしあき》』であらせられる。皆の者頭《ず》が高い。すぐに跪かれよ」

石田達が戸惑っていると、十河が胸を張って前に出る。

「私は國鉄守を仰せつかっている、名古屋工場保線区軌道検査長、十河拓也だ」

その一言で、光秀が少し引くのが分かる。

「あなた様が國鉄守殿でしたか」

「我々は跪かん。國鉄はどこかに属する者ではないからな」

十河は光秀を睨みつけた。

光秀も十河の人となりを察するべく睨み返す。

一瞬で二人の間には、火花が散りそうに見えた。

「なにを戯言を言っておるのじゃ、こいつは？」

足利義昭が輿の上から十河に向かって突き出した扇子の前に、光秀は手を置く。

「義昭公、お待ちくだされ。彼らはバテレンの宣教師らと同じこと。我らの世界の者ではございませぬ」

「このように同じ言葉を話すのにか？」

光秀は十河らの服を指差す。

「言葉は通じますれど、いで立ちはまったく違いまする。これは彼らが異国の者である確かな証拠」

そこで足利義昭は飽きてしまった。

「もうよい。早う信長の元へ案内《あない》せい」

光秀も表情を崩す。

「では、國鉄守殿、信長様のところまで、ご案内頂けますでしょうか？」

「それは任せてもらおう。石田、案内してやってくれ」

石田が前に出て右手をホームへ差し出す。

「こちらへどうぞ」

石田の先導に従って、足利義昭一行がホームへ向かって歩いていった。

それを見送った長崎は不満そうだった。

「なんですか？　あの歩く失礼みたいな奴《やつ》は」

磯崎が軽く微笑みつつ応える。

「第十五代にして室町幕府最後の将軍、足利義昭だぞ。頭が高い、長崎」

それには長崎も驚く。

「しょ、将軍様なんですか⁉　あの人」

「まだ、諸国を流浪している身の上じゃが、もうすぐ信長と共に京へ戻って第十五代将軍になるお方だ」

長崎は額に冷や汗を流して、手を首にあてる。

「だったら……一つ間違ったら打ち首でしたね」

「まぁ、この頃の将軍は名ばかりで、江戸幕府の時のような、ちょっとしたことで『斬り捨て御免』みたいな圧倒的な権力は持ってはいないがね」

磯崎はフフッと笑う。

「明智光秀って、あんなに年齢が上の人だったんですね」

長崎も十河も明智光秀は信長と同じくらいの歳と思っていたが、実際には一回り以上も上で五十近くに見えた。

「歴史ドラマだと若いハンサムな俳優が演じることが多いからそう思うのだろうが、光秀は信長より十八ほど上のはずだぞ」

「そうなんですね……」

二人に十河が命令する。

「よし出発準備だ。長崎、杉浦」

「最後尾はどうします？」

ここからは洲俣信号所まではバック運転となるため、最後尾の貨車に誰かが立たなくてはいけなかった。

「それは私がやろう」

「十河検査長が？」

驚く長崎に、十河は笑いかける。

「たまにはな」

二人は『了解』と返事して、Ｃ11形蒸気機関車の運転台へ走って行く。

十河が線路沿いを歩き出すと、磯崎がついてきた。

「私もお供してよろしいでしょうか？」

「かまわん」

横を歩き出した磯崎は、早速十河に話しかける。

「信長の元に現れましたな……明智光秀が」

「こうも早く現れるとはな」

その後、しばらく二人が黙って歩いたのは、同じようなことを思ったからだ。

将来、信長を殺すことになる明智光秀をどうするべきなのか？

そういう考えが頭の中を駆け巡ったのだった。

小さなため息をついた磯崎に、十河は微笑む。

「まだ先の話だ、磯崎」

十河の言葉に、磯崎は冷静になった。

「そうですな。まだ、光秀と信長は出会ったばかり。これからも史実通りに歴史が進むとは限りませんからな」

「そういうことだ」

二人は長く続く貨車の横をゆっくりと歩いた。

関ケ原から列車に乗った足利義昭を、十河は岐阜まで一時間ほどかけて送り届けた。

信長は「足利義昭が信長と会見したいと考えている」とは聞いていたが、まさか最初から義昭本人が出向いてくるとは、考えていなかったとのことだった。

岐阜にやってきた義昭を、信長は歓迎して手厚く遇した。

一年ほど前の一五六三年（永禄六年）、旧暦で五月十九日に、第十三代将軍であった兄の足利義輝《よしてる》が京都において、三好義継《みよしよしつぐ》や松永久通《まつながひさみち》らによって殺害されていた。

無論、武士の最高位たる将軍を殺害するという大それた行為に、国中の武士が「三好、松永許すまじ」と憤慨したという。

そして弟であった義昭は、松永久秀《ひさひで》の手によって奈良の興福寺《こうふくじ》に幽閉されてしまった。

その時、武家の名家の一つであった「越前朝倉」の朝倉義景は、医者として館に出入りしていた「知恵者」と噂のあった明智光秀に相談した。

光秀は「番兵に酒を振舞って眠らせ、その夜に救出しては？」という計略を提案し、光秀自ら実行部隊の指揮を行い、興福寺から深夜のうちに義昭を密《ひそ》かに脱出させることに成功する。

義昭と光秀は奈良から木津《きづ》川を遡《さかのぼ》り琵琶湖を渡り、北国街道を使って賤ヶ岳を越えて越前一乗谷の朝倉家に入り保護されることになった。

こうした経緯があって、義昭は光秀のことを心の底から信頼していたのだ。

だが、耕作面積も少なく北国の領主である朝倉義景は、旧来の考え方しか出来なかったために、すぐには義昭を奉じて上洛《じょうらく》する戦力を整えられなかった。

そのため「幕府再興」を狙っていた足利義昭は、越前一乗谷で予想外の足止めを食ったが、ある時、光秀が提案した。

「義景の力では上洛は難しく。ここは『今、最も勢いがある』と噂に聞く、織田信長を頼られてはいかがでしょうか？」

最初はあまり乗り気ではなかった義昭だったが、

「越前の冬は寒くて敵《かな》わぬ」

ということが引き金となって、義昭は越前を出てきたのだった。

義景は敦賀までは千人の家臣をつけて見送ってくれたが、そこから先へつき従った義昭の供は、光秀を含めて四人だけだったという。

岐阜の町の一角に義昭の館を構えて住まわせた信長は、なに不自由なく暮らせるように銭を与え、馬廻衆などを護衛につけてやった。

義昭が岐阜で暮らし始めてから一週間ほどした頃、光秀は信長から天主に呼び出された。

岐阜になってからは軍議の場であり、謁見の間となっていた天主の千畳敷は、その名の通り全てが畳敷きの大広間だった。

さすがに千畳とはいかないが、それでも百枚近くの畳が並べられている。

清洲でも畳は一部しかなく板間だったことを考えると、この千畳敷は贅沢《ぜいたく》な信長らしい斬新《ざんしん》な造りの部屋だった。

そんな千畳敷の上座に座る信長は、上機嫌で光秀に言う。

「こたびの働き見事であった、光秀」

「尾張、美濃の雄であられる信長様よりのお褒めのお言葉。かたじけのうございます」

光秀は畳に額をつけるように丁寧に頭を下げる。

「その働きに褒美をとらせる」

近くにいた近侍の者が、信長の側にあった三方を光秀の前に運んで置く。

上半身を起こした光秀は、三方に置かれた数枚の銀子に驚いた。

「こっ、こんなにも——」

光秀の言葉を信長は遮る。

「とっておけ。それに見合う十分な働きじゃ」

信長は光秀が敵である朝倉の元から、義昭を連れてきてくれたことに大いに喜んでいた。

群雄割拠の戦国時代とは言っても、行動を起こすには大義名分が大事だった。

義昭によって「征夷大将軍からの命」という大義名分を得られた信長は、これで侵攻を考えていた近畿地方に、堂々と攻め入ることが出来るようになったのだ。

朝倉で無為な一年を過ごした光秀は焦っていた。

「して、信長様。義昭公を奉じての上洛は、いつ頃となりましょうか？」

「まぁ、待て。すぐに冬になる」

「それは、その通りでございますが……」

信長はニヤリと笑う。

「征夷大将軍を奉じての上洛とあらば、桜の花の季節の方が絵になろう」

その様を脳裏に浮かべつつ光秀は頷く。

「確かに……その方がお似合いでございましょうな」

「上洛の折には京の街並みを立て直し『馬揃え』を行うつもりなのじゃ」

「馬揃えとは……どのようなものでございますか？」

光秀には想像もつかない。

「わしの軍勢を揃えて京の者達……いや、畿内《きない》の連中に見せつけるのじゃ」

聡明な光秀には、信長の意図がすぐに分かった。

「ほぉ、それをもって畿内の大名に、睨みを利かせるということでございますな」

信長はフンッと笑う。

「そういうことじゃ。それにのぉ……」

振り返った信長は、十河から再び贈られた正確な地図を見つめる。

背後に置いてあった地図は、今までより範囲が大きくなっていた。

「冬の間に鉄道が北近江まで延びる。近畿の平定を想定した時、兵糧の確保などを考えれば、そうしておいてからの方がいいのじゃ」

鉄道というものが理解出来ていない光秀は、

「はぁ……そうでございますか」

としか言い返せなかった。

「ゆえに『春まで待て』と、足利公には伝えておけ」

「御意にございます」

目を細めた信長は、光秀を見つめる。

「そして、一つそちに頼みたいことがある、光秀」

視線の強さに気圧《けお》された光秀は、内心で怯《おび》えながら聞き返す。

「私に出来ることであらば……」

「単刀直入に言おう。わしの家来になれ」

信長は光秀の才覚を買っており、自分の部下にしたいと考えていた。

光秀は武士としての出世を夢見てきたが、すでに五十近くになるも家臣一人持てない境遇で、足利義昭と朝倉家に身を寄せる日々だった。

それが大名である信長より、直接「家臣になれ」と言われたのだ。

それは心から嬉しいことだったが、今は足利義昭の家来であり、律儀な光秀はすぐに鞍《くら》替《が》えするわけにはいかなかった。

「ですが、私は義昭公の――」

それを予測していた信長は、強い口調で遮る。

「構わん。義昭公に対する忠義は引き続き尽くせ。だが、わしの家来も務めよ」

そんなことを言い出す者は、この天下において信長しかいない。

「義昭公の家来でありつつ、信長様の家来も務めてよろしいのでしょうか?」

光秀は「信じられぬ」と思い、戸惑いながら聞き返す。

「良い。わしからも見合った禄《ろく》は出す、それでどうじゃ?」

信長からの速攻を受け、光秀は陥落するしかなかった。

「ありがたき幸せ……」

ゆっくりと上半身を下げ、光秀は額を畳につけて続ける。

「非才なる身ながら、微力を尽くして勤めさせて頂きまする」

髪の少ない光秀の細い髷《まげ》を見ながら、信長は満足そうに頷く。

「では、早速じゃが。馬揃えの奉行を命ずるゆえ、準備をいたせ」

矢継ぎ早に続く流れに、光秀は驚きを隠せない。

「私が京の馬揃えの仕切りを⁉」

「そちなら京の事情にも明るかろう。銭はいくらかかっても構わん。畿内の奴らが皆目を剝《む》くような馬揃えをやってみせい、光秀」

光秀は「ははぁ」と頭を下げて応えるしかなかった。

五章　真北陸本線

一五六四年（永禄七年）冬から一五六五年（永禄八年）にかけて、國鉄は北近江領内の延伸工事を行った。

琵琶湖近くは冬でも比較的温暖な気候だったが、上空に寒気団が伸びてきた時には、湿気のある雲が入り込むと多くの雪を降らせた。

工事は関ケ原から中山道に沿ったルートを進み、柏原《かしわばら》駅から北西へ向きを変えて北国脇往還に入り春照宿《すいじょうしゅく》の西側を抜けたら、今はまだ今浜と呼ばれている長浜へ向かう。

三島《みしま》神社の横を通って北西へ進むと、今浜の町の外側に達する。

今浜の中央を北国街道が貫いているので、線路も道に沿って敷いていった。

磯崎からの提案を採用したため北国脇往還沿いにあった小谷宿はかすめず、浅井長政の居城小谷城から直線距離で約一里ほど琵琶湖寄りを通した。

春照宿以降は北国脇往還を離れ、今浜では町中に入らなかったことで、簡単に言うと「辺鄙《へんぴ》なところ」ばかりを通ることになる。

周囲には大きな村はなく、田畑の真ん中を貫くような路線だった。

あまり民家がなく関ケ原以降は平坦な地形が続いたことで、工事は割合順調に進めることが出来た。

やはり北国脇往還や北国街道は、信長の領地内の道に比べれば細く高低差があったが、美濃や大垣での線路敷設《ふせつ》の経験から、勢子《せこ》らも地盤造りにかなり慣れていた。

一五六五年（永禄八年）の春には満を持して、信長は一万の兵を率いて上洛《じょうらく》した。

北近江からは同盟を組んだ浅井長政の援軍約五千も加わる。

旧暦の二月十日には箕作《みつくり》城、十三日には居城の観音寺《かんのんじ》城を落とされ、南近江を支配していた六角義賢《よしかた》は家臣を率いて南の甲賀《こうか》へ引く。

これで京へと続く地域は全《すべ》て信長の勢力下となり、北近江への延伸工事は敵襲に怯《おび》えることなく出来るようになった。

京に着いた信長は、応仁《おうにん》の乱以来荒れ果てたままだった皇室の内裏や、室町小路にあった花の御所と呼ばれていた足利義昭の御殿の立て直しを命じる。

こうした大型建設事業で京は次第に活気を取り戻し、更に信長が治安を回復したことで近隣の農村や山へ逃げ込んでいた京の民の多くが戻ってきた。

信長自身は畿内の状況を安定させるために侵攻を開始するが、大和国《やまとのくに》で領主のように振舞っていた松永久秀は、九十九髪茄子《つくもがみなす》という茶器を持参していち早く降伏した。

信長が摂津《せっつ》付近での戦いで相次いで勝利したことで、三好三人衆も降伏し、畿内で逆らう勢力を一掃して平定することに成功する。

第十四代将軍に任じられていた足利義栄《よしひで》は病床にあって阿波《あわ》で養生していたが、回復することもなく四月末には病死した。

そこで、五月十八日には信長の威光を背景に、足利義昭が第十五代将軍に任じられ、約束通り室町幕府の再興を果たすことに成功する。

この時、義昭は「我が父」と信長のことを呼んだくらいに、心の底から感謝した。

畿内の状況が安定し京都の街並みも元に戻りつつあったことを鑑《かんが》み、義昭の将軍就任の祝いも兼ねて、七月一日には信長による「京都御馬揃《おうまぞろ》え」が挙行される。

これは現代で言えば「軍事パレード」というものだった。

本当は列車臼砲を信長は披露したかったようだが、線路から外れて今浜からコロで運ぶことには膨大な労力が掛かると分かって諦《あきら》めた。

「十河《そごう》も馬揃えに参加せよ」

と、信長からは言われたが、

「列車のないところで、國鉄守が歩いても意味はあるまい」

と断り、「真北陸本線」と名付けた、柏原駅以降の路線建設に専念した。

元国鉄のメンバーの中では、唯一整備区の下山がハンターカブで参加し、信長には「秀吉の軍師」と言ってあることもあって竹中半兵衛も騎馬で加わった。

信長は京都内裏付近に佐久間信盛、柴田勝家、丹羽《にわ》長秀《ながひで》といった軍勢を結集し、数えきれないほどの鉄砲、槍《やり》、煌《きら》びやかな甲冑《かっちゅう》を揃えさせた。

無論、近隣より名馬が掻《か》き集められ、多くの者が騎乗した。

正親町《おおぎまち》天皇を始め多くの公家《くげ》も参加したこの京都御馬揃えにより、信長は財力と権力を誇示し周囲の諸大名に力の違いを見せつけた。

このパレードが安全に行われたことは、京の治安が回復していることを天下に示し、それが信長の力によるものであることを知らしめたのだった。

ハンターカブで参加した下山は、ある意味かなり目立った。

「尾張には首のない馬がおるのか⁉」

と、京の民らを驚かせたのを信長は喜び、下山に銀子一枚を褒美に与えた。

その間に國鉄は、真北陸本線の延伸工事で当初目標としていた「木ノ本」までの線路敷設を終えることが出来ていた。

終着の木ノ本には駅舎がまだ作られておらず、長いホームには三十センチほどの盛り土が行われているだけだった。

そんなホームに十河は石田と共に立っていた。

二人の目には屛風《びょうぶ》のように横たわる、標高四百メートルから六百メートル前後の山々が見えていた。

「こうして見ると、賤ヶ岳は高いですね」

賤ヶ岳は単一の山ではなく北東へ尾根が延び、その先には大岩山《おおいわやま》が続いている。北西にも尾根が延びていて標高六百六十メートルの行市山《ぎょういちやま》と繋《つな》がっており、南には少し低くなるが琵琶湖東畔に沿う山本山《やまもとやま》が連なっていた。

それらが集まった山脈が、線路の前に立ち塞《ふさ》がる壁のように見えたのだ。

「海側から回り込むことも出来ん。あの山は海岸まで続いていてな」

「確か現代の在来線はここから北西に進んで、余呉《よご》、近江塩津《しおつ》を抜け、長大な深坂《ふかさか》トンネルで賤ヶ岳下を突破。新疋田《しんひきだ》の先の二十七メートルを一気に下る鳩原《はつはら》ループ線を使って海岸にある敦賀へと続いていますよね」

十河は北国街道が続いている北を指差す。

「明治の頃《ころ》は中之郷《なかのごう》、柳《やな》ヶ瀬《せ》、雁《かり》ヶ谷《や》を抜ける柳ヶ瀬線を使っていたそうだ。長大なトンネルも、ループトンネルも掘れなかったからな」

現代の在来線が走るルートは戦国時代でも賤ヶ岳が立ちはだかる難所で、北国街道はそれを避けるように、栃《とち》ノ木峠《きとうげ》を越えて今庄《いまじょう》村へと続くルートになっていた。

「柳ヶ瀬経由であれば、トンネルは必要ないのですか？」

十河は残念そうに首を左右に振る。

「イギリス人技師が測量を行い、日本初のダイナマイト掘削で全長千三百五十二メートルの柳ヶ瀬トンネルを作ったそうだ」

あまりの長さに、石田はため息をつく。

「それは戦国時代には、かなり難しそうですね……」

「今の國鉄の技術と人員ではな……」

そう呟《つぶや》いた十河は、立ちはだかる山を見つめて続ける。

「国家予算を膨大につぎ込んだ上、難工事で完成させたのにもかかわらず、二十五パーミルを有する勾配《こうばい》のきついトンネルとなったらしくてな。敦賀側からの時には、トンネル内で立ち往生が発生して、機関士や乗客の窒息事故が頻繁に起こったらしい」

「そうなっては悲劇ですね」

「しかも……ここは豪雪地帯だからな」

そう言って微笑《ほほえ》んだ十河を見て石田は諦める。

「トンネル工事は諦めませんが、ここを突破するのは難しそうですね」

「当面は真北陸本線の終点となるだろう、木ノ本がな」

真北陸本線は一応木ノ本まで完成したが、しばらく列車が走ることはない。

関ケ原の登り勾配が厳しく定期列車を走らせることが難しかったことや、北近江と美濃や尾張との間に交易する品物が多くないからだった。

そのため関ケ原から木ノ本間は、駅員のいない無人駅とすることになった。


一五六五年（永禄八年）の旧暦八月六日頃。

信長が精力的に朝廷や幕府と政《まつりごと》を行っていた京に、一つの知らせが届く。

それは現在の福井県敦賀付近にあった若狭国《わかさのくに》の国主にして、第十五代将軍に就任した足利義昭の甥《おい》にあたる武田元明《たけだもとあき》が、越前の朝倉義景に強制的に連行されるという事件が発生したというものだった。

義景は稲刈りで忙しくなる寸前の時期に、予告なく若狭に侵攻してきた。

瞬く間に国吉《くによし》城や天筒山《てづつやま》城などを落とした義景は、後瀬山《のちせやま》城を包囲した。

そこで元明は自害を覚悟したが、部下に説得されて和議に応じる。

その条件の一つが一乗谷にある朝倉の館に「武田元明はすぐに移住せよ」というものだった。

このことで今まで独立していた若狭国は、義景の支配下に入ることになってしまう。

事件の詳細を聞いた義昭は、即座に信長に命じた。

「元明を朝倉義景より救出せい」

信長は同盟を結ぶ際に、浅井から「古くからの恩顧のある朝倉とは、織田も戦わぬよう」という条件を出されていた。

信長もいたずらに敵を作ることはせず、この時は「あい分かった」と条件を飲んだが、そんな約束を知らぬ義昭より命令を受けることになってしまった。

これは武士の長である征夷大将軍からの命令であり、信長に大義名分が立つ。

そこで、信長は「将軍からの命令ならば、致し方なし」と、畿内にあった織田の軍勢を京に集結させた。

この機に朝倉を完全に滅ぼそうと考えた信長は、岡崎の松平家康に早馬を飛ばして「軍勢を率いて、賤ヶ岳に参集せよ」と連絡をした。

信長は京から琵琶湖西側を走る西近江路を通って、全軍で北上を開始。

柴田勝家、佐久間信盛、丹羽長秀、木下藤吉郎、明智光秀、竹中半兵衛といった尾張や美濃からの者に加え、池田《いけだ》勝正《かつまさ》といった畿内での戦い以降信長の家来となった者達も従軍しており、その総数は一万人となっていた。

無論、その中には整備区の下山も、バイクに乗る足軽として従軍している。

「あんただけのもんじゃやねぇ。俺《おれ》にも使う権利はあんだろ」

と、下山は十河に言って熱田を出る時、予備のガソリンをタンクに積んで持ち出していたのだった。

信長の動きに呼応して松平家康も岡崎から、約一万人の軍勢を率いて動き出す。

本来であれば準備開始が早く、距離も近い信長の軍が賤ヶ岳まで先に達しているところだが、家康軍と同時に琵琶湖の北で合流することが出来た。

それは國鉄が家康の軍勢を、列車に乗せて次々に木ノ本駅へと輸送したからだ。

普段は定刻通りに列車を走らせている國鉄だが、こうした戦の時には「信長の行軍に合わせた列車を走らせる」という決め事になっていた。

馬の輸送は難しいため騎馬は街道を走り、主に徒歩の足軽を武器ごと運ぶ。

一編成で二千名からの武装した兵を運べるため、五往復の軍用列車を走らせることで、一日で全ての松平兵を琵琶湖の北側に輸送することが出来たのだ。

この時、北近江の住民は、初めて長い編成の列車を見ることになった。

京から木ノ本駅までやってきた信長は、

「ここらは戦場になる。十河は後方に下がっておれ」

と、十河に言った。

「では、我々は今浜で待機する」

十河はそう言ったが、信長はフッと笑う。

「わしらは敦賀を抜き一乗谷の義景を攻める。ゆえに十河は鉄道の運行に専念していてよい。一月《ひとつき》ほどで朝倉を滅ぼすゆえ、尾張で吉報を待っているがよい」

「……そうか」

足利義昭を伴って上洛を果たし畿内を制した信長は、大義名分も実力も兼ね備えており、既に勝ったような自信を漲《みなぎ》らせていた。

「ではな、十河」

木ノ本のホームから、十河は信長の後ろ姿を見送った。

琵琶湖北側に集結した信長・家康連合軍は、敦賀付近に進出してきた朝倉勢と八月十日より戦闘に入った。

その日のうちに北国街道の左右に並んでいた沓掛砦《くつかけとりで》群、敦賀入口にあった天筒山城を陥落させ、海岸から回り込んで敦賀の小高い丘にある敦賀城へと迫った。

いくつもの山城が数刻をたたずして陥落したことを知った敦賀城主・朝倉景恒《かげつね》は「籠《こも》ったところで大してもつまい」と、門を開け放って野戦を挑む。

敦賀城にいた朝倉軍千名ほどが、先陣を任されていた信長の馬廻衆毛利良勝の軍勢と、敦賀城の前に広がる海と山に挟まれた幅三百メールほどの狭隘《きょうあい》な戦場で遭遇戦という形で激突する。

馬廻衆の指揮を執る新介が、馬上から声をあげる。

「朝倉勢が討って出てきたぞ！　皆の者、怯《ひる》むな――――‼」

周囲の馬廻衆から『おぉ‼』と声があがり、横陣を作って槍を一斉に構える。

その時、まだ大きな手柄を立てていない下山はアクセルを捻《ひね》る。

頭には国鉄のヘルメットを被《かぶ》り、手作りの鉄の鎧《よろい》に安全靴といういで立ちの下山が乗るバイクのフロントには、自作のガンキャリアがあって三本の火縄銃を挿していた。

「やるなら、ここだっ」

下山は馬の二倍のスピードで戦場を突進し始める。

騎馬の新介が、抜かれ際に笑顔で下山を心配する。

「一人で突出すると危のうござるぞ、下山殿！」

「あんただって戦場で手柄をあげて出世したんだろっ」

「一番槍を狙《ねら》うとは、威勢がようござるな」

新介はアハハと高笑いした。

信長軍を遥《はる》か後方に置いて朝倉勢の手前二百メートルほどまで最も早く迫った下山は、バイクを海岸の近くに停《と》め、ガンキャリアから火縄銃を一本取り出す。

「これなら手柄を立て放題だ」

槍を振りかざし『うぉぉ』と横陣で迫ってくる朝倉勢に対して、下山は火縄銃を向けてから火蓋《ひぶた》を切り、火ばさみに火縄を挟んで狙いをつける。

その間にも朝倉勢は、壮烈な勢いで迫ってきた。

「どうせやるなら偉い奴《やつ》だな」

下山は栗毛《くりげ》の馬に跨《また》がり、黒い兜《かぶと》と鎧姿で刀を掲げて迫る武者に標的を定める。

的あてでやっていた時のように、元目当てと先目当てを一直線に揃えた。

「ミリオタの仁杉《にすぎ》にだって、簡単に出来たんだからよっ」

下山は引き金を引いた。

ズドンと大きな発射音がして銃口から白い煙が立ち上る。

あまりの煙の量に視界が一瞬で塞がれた。

「どうだっ」

だが、煙が晴れてゆっくり見えてきた光景は、予想に反する恐ろしいものだった。

朝倉勢が『うおぉぉぉ』と怒濤《どとう》のように迫ってくる。

弾が当たったのか外れたのかは分からず、しかし狙った黒い鎧武者は倒れていない。明らかなのは、朝倉勢の突進が勢いを増し、百メートル手前まで接近していることだった。

「どっ、どういうことだよ⁉」

焦った下山は撃ち終わった火縄銃を放《ほう》るようにガンキャリアに投げ込み、急いでもう一本を取り出して構えるが、火ばさみに挟もうとする手の震えが止まらない。

「ったくよぉ」

急いで準備して構えたが、既に戦列は目の前に迫っていた。

「うあぁぁ‼」

しっかり狙いをつける余裕もなく、ただ迫る朝倉勢に向けて引き金を引く。

発射音と同時に金属音がしたが、どこに当たったのかは分からなかった。

だが、そんなものでは、突進はまったく怯まない。

火縄銃の弾が飛び交う戦場に慣れている戦国の兵達は「種子島《たねがしま》に当たる奴は運がなき者」と考えて、銃口から体をそらそうとしないのだ。

「死ぬのが怖くないのか⁉」

怖くなった下山はアクセルを捻りバイクを海へ向かって走らせるが、軍勢が追走してくる。

黒い槍を持った足軽達が、下山を海へと追い詰めていく。

一旦《いったん》態勢を立て直そうと、下山がUターンをかけるが、戦国時代の海岸べりはまったく整備されておらず、窪地《くぼち》にタイヤが入り込んで転倒してしまう。

ハンターカブは横倒しになり、後輪が虚《むな》しく空回った。

倒れた拍子に汗と涙まみれになっていた顔に砂が張り付いた。

下山の元へ二人の足軽が突進してくる。

「くっ、くそっ」

倒れたハンターカブのキャリアボックスに手を伸ばした下山は、ロックを素早く外して口に白い布を詰めたガラス瓶を取り出す。

そして、ポケットから出したライターで、口元の布に火を点《つ》ける。

小さな火の点いた得体の知れない物を取り出した下山に、足軽達は一瞬怯んだが、落車した武者にトドメを刺すべく槍をしごいて左右から構えた。

「来るんじゃねぇよっ」

下山は火の点いたビール瓶を海側の足軽の足元目がけて強く投げつけた。

大きな音がしてガラス瓶は割れ、その瞬間、爆発するように炎が上がる。

それは下山が自作した「火炎瓶」だった。

戦国時代にガラスは高価で瓶はなく、油も揮発性が弱くて使い物にならないが、名古屋工場にはガソリンと飲み終わったガラス瓶が多く残っていた。

それを組み合わせて、下山は作っておいたのだ。

「うぁぁぁ‼」

火炎瓶を喰《く》らった足軽は一瞬で火だるまになり、そのまま海へと向かって走った。

炎は割れた瓶を中心に左右に一瞬で広がり、火の壁のようになった。

残った足軽が「よくも」と炎を右側から回り込もうとする。

下山は肩で息をして、殺そうと迫る男の目を見つめた。

まだ、火炎瓶は残っていたが、同じ手にもう一度引っかかるとは考えにくい。

ハンターカブに刀も積んであったが、今から出して間に合うとも思えなかった。

それに……下山には剣道の経験もなく、もちろん人を斬《き》ったこともない。

下山が（ここまでかっ）と覚悟して目を瞑《つぶ》った瞬間だった。

風を切る音がいくつか聞こえ、足軽の喉元《のどもと》を鋭い矢が二本貫通する。

男は一言も発することなく、呻《うめ》きながら体を一周回して砂地に倒れ込んだ。

すぐに『おぉぉ』という叫び声と共に、追いついてきた新介の馬廻衆が朝倉勢と激突して、周囲で数多くの金属音が鳴り壮絶な討ち合いが始まる。

槍が遥か上空から打ちおろされては肩から鎧を割き、鎧のすき間を狙って刺し込む鎧通しが突き出されて鮮血が戦場に花火のように散った。

信長軍は圧倒的な数を有しており、たちまち朝倉勢を敦賀城へ押し戻していく。

そこで、やっと下山は立ち上がることが出来た。

「たっ……助かったのか」

そこへ新介が馬で通りかかる。

「一番槍は武士の誉れ。気持ちは分からぬでもないが、それでは早死にするでござる」

馬上でニヤッと笑った新介は、横を通り抜けて朝倉勢へ斬りかかっていく。

「我々だけで敦賀城を落とすぞ！　皆の者、押せ、押せ、押せぇ――‼」

新介の周りでは足軽達の士気が上がり、そこが突破口となって朝倉勢が一気に崩れ去っていった。

下山はバイクを起こし「くそっ」と言ってから、新介の後ろを追いかけ始めた。

野戦を仕掛けた朝倉景恒であったが織田軍とは兵力差があり過ぎ、猛攻を受けて結局は敦賀城に追い込まれることになってしまった。

野戦によって兵も減っていたこともあり、敦賀城は風前の灯火《ともしび》となる。

そこで景恒は抗戦を諦め、信長からの降伏勧告を受け入れ開城した。

瞬く間に賤ヶ岳から敦賀一帯の城を落とされた義景は、敦賀地区での反抗は不利とみてこの地域を放棄し、海沿いの細い街道しか通っていない木《き》ノ芽《め》峠に陣地を築いて待ち構える姿勢を見せた。

一方、信長から「尾張へ戻ってよい」と言われた十河は、駅舎建設の様子を見るために数日今浜にいた。

駅舎建設を監督していた石田からの報告では「クレーンがあると作業が捗《はかど》ります」とのことだったので、家康軍を運んできたC11形蒸気機関車と長物貨車十両は、明日からの定期便のこともあって名古屋工場に戻させ、軌道モーターカーを磯崎に持ってこさせることにした。

正確な時刻は分からないが太陽が西へと傾いてきた頃、名古屋工場から軌道モーターカーに乗って磯崎がやってきた。

磯崎がホームに下車してから西の方を見ると、五百メートルほど先には今浜の街の外れが見えている。

まだ一階の一部屋しか出来ていない造りかけの駅舎を見ながら、

「駅の周囲には、なにもありませんな」

と、笑いながら十河と石田が囲っていたテーブルのところまで歩いてきた。

屋根は仮の板葺《いたぶ》きで、部屋の中にはテーブル一つと四つの椅子《いす》しかない。

今浜で泊まる場合は板敷きの床で寝るしかなかったが、それでも普通の村々にある民家のことを思えば贅沢《ぜいたく》な造りだった。

「おかげで安く土地を譲ってくれた」

十河が口角をあげて笑うと、磯崎はヘルメットを脱いでテーブルに置く。

「ですが、藤吉郎が所領として『長浜』となった時にはきっとここまで大きくなりますぞ」

石田はため息をつく。

「そうでないと困りますよ。磯崎さんが『発展する』って言ったから、この駅は期待を込めて田んぼの真ん中にもかかわらず、耐火レンガ造りの二階建て駅舎を造ろうとしているんですからね」

石田は今浜の駅舎を岐阜並に立派に造ろうと設計していた。

「まぁ～大丈夫だろ。真北陸本線と琵琶湖の水路が繋がれば、ここは交通の要所となるはずじゃから」

磯崎は自分で納得するように何度も頷《うなず》いた。

「信長は今回の戦いで『一乗谷の朝倉を滅ぼす』と言っていた」

その瞬間、磯崎が目を見開いて驚き聞き返す。

「朝倉を⁉　もうですか⁉」

「信長はそう言っていた。私に聞かれても困るがな」

十河はフッと微笑んだが、磯崎は「もう朝倉を……」と呟いて腕を組み、そこからはブツブツと言いながら考え込み始める。

そこで十河は石田と話し出す。

「越前までが信長の支配下に入る。朝倉を滅ぼせばな」

「そうなったら敦賀港での交易が可能になりますね」

十河は深く頷く。

「ここは不定期の貨物列車が走ればいい。出雲・石見から日本海を経由して敦賀港へ入ってくる砂鉄を手に入れることが目的の路線だからな、真北陸本線は」

当面の定期列車運行については、十河は熱田から岐阜までと思っていた。

岐阜から近江に入るには関ケ原の登り急勾配があり、ここを安定して走れるようになるにはＤＤ16形ディーゼル機関車が必要と考えていたからだ。

だがそのためには軽油がいる。

越後から「燃える水」の供給を安定して受けられるようになり、石油を精製して軽油が取り出せるようになるまでは、関ケ原から西の路線での定期運行は難しいと考えていたのだ。

「真北陸本線での旅客輸送は、しばらくムリですね」

石田は十河を見る。

「春照宿のみだからな。関ケ原以降で駅前に人家があるのは」

「せめて、小谷宿を通っていれば……」

その時、十河は関ケ原で話した時のことをフッと思い出す。

「そう言えば、磯崎。足利義昭がやってきて言いそびれたことがなかったか？　関ケ原で真北陸本線のルートについて話した時のことだ」

考え事をしていた磯崎が腕を解いて十河を見る。

「ええ、小谷宿を通るルートには『いくつか思うこと』があったのです」

不思議そうな顔をした石田が聞き返す。

「小谷宿は廃《すた》れて、長浜が発展するから……だけじゃないんですか？」

磯崎はゆっくりと頷く。

「それもある……が。もう一つあったのだ」

「もう一つ？　それはなんですか」

磯崎は二人の顔を見てから話し出す。

「実はな……」

その時、十河の目には線路を歩く人影が見えた。

「線路を人が歩いてくる」

石田と磯崎が振り返ってみると、確かに小柄な人影がこちらへ向かって歩いてきているのが見えた。

「ここはあまり列車が通っていませんからな。きっと、歩きやすいと思って住民が利用しておるのでしょう」

磯崎は気にならなかったようだが、十河にはそう思えなかった。

「いや、真北陸本線は町から離れている。普通なら街道を歩くはずだ」

人影は女性らしく、深緑の括《くく》り袴《ばかま》に紫の小袖《こそで》という軽装だった。

「なんにしろ注意した方がいいですよね。いつ列車が通るのか分からないんですし」

作業服姿の石田が駅舎から出てホームに立つと、気付いた女性は一気に走ってくる。

そして、手を大きく振りながら声をあげた。

「國鉄の方ですか～‼」

「ええ、そうですよ。なにか用ですか？」

一気にホームまで線路を走ってきた女性は、顔を下へ向けて息を切らせた。

「信長様に……はぁ……至急、お知らせしたいことがあるのです」

その言葉が気になった十河と磯崎は、駅舎から急いでホームに出た。

そこで顔をあげた女の人は、十河を見て一気に安堵《あんど》した表情を見せる。

「十河様！」

それは市の供として小谷城へ行っていた春だった。

「どうした？　春。こんなところで」

「急ぎ、信長様にお伝えしたことがあります！」

春の必死の形相から十河は察する。

「とりあえず、駅舎の中へ」

春をホームに引っ張りあげて駅舎に入った十河は、扉を全て閉めさせた。

春を椅子に座らせて、四人でテーブルを囲む。

「それで伝えたいことというのは？」

椅子に座った春は竹筒から水を一気に飲むと、十河の顔を見つめる。

周囲に目配せをしてから、春は囁《ささや》くように言った。

「……明日、浅井様が、信長様を背後から討ちます」

その言葉に石田は心から驚いた。

「浅井長政は信長と同盟を結んだんじゃないのか⁉」

春は悔しそうに奥歯を噛《か》む。

「信長様が朝倉義景を攻めたことで『約束は破られた』と申され、古くからの同盟相手である朝倉救援の備えをしておられます。一昨日《おととい》に村々へお達しがあったことで城には男衆が続々と集結しており、明日の朝には陣立てが揃いますかと……」

表面上は冷静だったが、十河も内心は酷《ひど》く驚いていた。

「まさか、お市様の婿である長政が裏切るとはな……」

「この知らせをいち早く信長様にお伝えせねばと、お市様は私を使いとして小谷城から出されました。そして、私は『線路を歩いていけば國鉄の方に会えるはず』と思い、ここまで歩いて参ったのです。信長様はどちらに？」

十河は北の方を指差す。

「信長は朝倉勢と戦っているはずだ、敦賀辺りでな」

「信長様は、既に敦賀に⁉」

信長の快進撃を知らなかった春は、驚いたような顔をした。

そこで、磯崎は「はっ」と目を見開いて大声をあげる。

「そうか！　金《かね》ヶ崎《さき》の退《の》き口《くち》かっ！」

春も含めて三人とも首を捻る。

「なんですか？　磯崎さん。金ヶ崎の退き口って」

石田が聞き返したが、磯崎は頭を抱える。

「そうかっ、これがいずれ起こることは分かっておったのに……。それが今年だとは思わなんだ。知っておれば対応策を打っておいたものをっ」

右手に力を入れて拳にした磯崎は悔しそうにした。

「どういうことなんだ、磯崎」

十河に聞かれた磯崎は、春を見てから説明を始める。

「信長の人生の中で『金ヶ崎の退き口』は『最も命が危なかった』と伝わっている撤退戦のことです」

「撤退戦？　信長はこの戦に負けるのか」

磯崎は静かに頷く。

「負けも負け。信長には珍しい大負け戦です」

「どうしてそこまで？」

磯崎は壁に掛かっていた真北陸本線の地図を指しながら説明する。

「北からは朝倉義景の本隊、約一万。南からは浅井長政の軍勢約一万が、金ヶ崎城……別名敦賀城にいる信長に、夜明けを期して前後から襲いかかることになります」

状況を把握した十河はボソリと呟く。

「挟み撃ち……という奴か」

「ですが、信長と家康の軍勢も、数は同じく二万はいましたよね？」

聞き返した石田に、磯崎は手を軍勢に見立てて説明する。

「人は前向きにしか攻撃出来んじゃろ？　人の集団である軍勢というものは簡単に言うと『前方』にしか力を発揮出来ないのだ。だから後方や側方を突かれると一気に崩壊してしまうものなんじゃ」

「なるほど……騎馬と同じですね」

「側面を突かれるだけでも戦というものは苦しくなるのに、前後を挟まれては大軍を生かすことも出来ず、補給も受けられなくなるじゃろうからな」

磯崎は軍勢に見立てていた手を勢いよく開く。

十河は現在の状況を瞬時に把握する。

「つまり、明日の朝には信長が後方を長政に襲われる危ない状況にあるということだな」

「そういうことです」

腕を組んだ石田は、天井を見上げて言う。

「ですが……史実では信長はその状況をなんとかしたわけですよね？　まだ本能寺ではな

いんですから」

未来の話を交えて話す三人の会話がまったく分からなかった春は、首を傾《かし》げながら静かに耳を傾けているだけだった。

唸《うな》った磯崎は、思い出しつつ話す。

「確か……京からの進軍時に使った『西近江路』は、六角氏によって封鎖される可能性があったからな。僅《わず》か十名ほどの供だけを連れて悪路の『朽木谷越《くつきだにご》え』を通って、無事に京へ戻ったはずだ。殿《しんがり》を買って出た藤吉郎と光秀は散々だったらしいがな」

フフッと微笑んだ磯崎を見て、石田は小さなため息をつく。

「では、信長は敦賀城から無事に、脱出出来るんですね」

「史実では……確か二日ほどで京へ戻ったはずだ」

その時、深刻な顔で春が磯崎を見る。

「もしかして……今おっしゃった『朽木谷越え』とは、若狭街道から熊川《くまがわ》を経て、朽木を抜けていく細道のことでしょうか？」

「そうだよ、春さん」

磯崎が見返すと、春は口を真《ま》っ直《す》ぐに結ぶ。

「そちらの道も塞がれているかと……」

「どういうことだい？」

春は三人の顔を見回す。

「朽木を守る『朽木元綱《もとつな》』様は、浅井長政様より知行を受けております浅井方の武将のお一人。長政様は『必ず信長を討ち取れ』との命を発せられたとのこと」

「なっ、なんじゃと⁉」

目を見開いて磯崎は続けた。

「いっ、いや……一緒に従軍しておる松永久秀が、朽木元綱を説得して無事に峠を通してもらえるはずなのだが……」

春は首を左右に振る。

「松永様は、出陣されておられません。今も大和におられます」

「そっ、そんなことが⁉」

驚いた磯崎は、開いた口が閉まらなくなってしまった。

「事実でございます」

「やはり、少しずつ歴史が変化しておるということか……」

磯崎は首を捻った。

情報に精通する春を、十河は不思議に思った。

「多くのことに詳しいな、春。どうしてだ？」

その瞬間、春の目が少し鋭くなったように感じる。

「お市様と同行いたしました者の中には、尾張に情報をもたらす役目の者もおります。私もその一人なのです」

「そういうことか……」

今まで実際に見たことはなかったが、信長との会話の中で「草」という、現代でいえばスパイ活動をやっている者の話は出ていた。

そのため、電話一つない時代にもかかわらず、情報伝達のスピードは現代に負けず劣らず速かった。

「今回の件は、お市様より『尾張に知らせよ』との命を受けました」

磯崎は唸りながら頷く。

「大名同士の政略結婚で『嫁に入る』とはいっても、戦国時代の風習では大名間の外交官となったり、間諜《かんちょう》として働くことが多かったそうですからな」

「つまり、この情報は信用出来るものということだな」

「そうなりますな」

「明日の朝には、信長の軍勢が包囲され絶体絶命のピンチに陥る……か」

状況を把握した十河は目を瞑って考え込む。

琵琶湖の北側には信長と家康の兵が合わせて二万人いる。だが、朝には長政が一万の兵をもって背後を突くことで、大敗することが必至だった。

最悪、勝ち負けはいいとしても、袋のネズミとなれば死傷者が多く出るはず。

もちろん、その中には下山もいて、桶狭間の戦い以来一緒にやってきた柴田勝家、佐久間信盛、木下藤吉郎や新介など、見知った顔の武将や兵もいる。

そういった者達が傷つくのを見るのは、十河としても辛《つら》い。

十河は、ただ（帰ってきてもらいたい。多くの者が無事に……）と考えていた。

そして、このままでは國鉄にとっても、最大の問題が発生するかもしれなかった。

それに気がついた石田がハッとする。

「不味《まず》くないですか⁉　信長がそのまま若狭街道から南下すれば、朽木元綱に囚《とら》われて殺されてしまいますよね⁉」

深刻な顔をした磯崎は、腕を組んで考え込む。

「そうなる可能性が高いだろう。説得すべき松永久秀がおらんのだから……」

「どうするんですか⁉　こんなところで信長に死なれたら、國鉄は⁉」

石田は十河が懸念したことと同じことを考えていた。

焦った石田が顔を赤くしたが、磯崎は地図を見て唸ることしか出来ない。

「とは言ってもな。琵琶湖の西には朽木元綱。東には浅井長政。北には朝倉義景が待ち構えているんじゃから。こうなっては逃げ場がない」

地図を見た石田は、真ん中の水色の部分を指差す。

「じゃあ、琵琶湖からならどうですか？　今浜に船がたくさんありましたよ」

「信長と家康の連合軍は合わせて二万。それだけの兵が乗れるような船を今から掻き集めて、夜間に輸送するのはどう考えてもムリじゃ。それに今浜は長政の勢力下にある以上、素直に協力するとも思えん」

「船頭の中から、長政様に密告する者も出ましょう」

春が冷静に付け加えた。

「だったら、いったいどうすれば……」

石田は悔しそうに唇を噛む。

その時、すっと目を開いた十河は静かに呟いた。


「信長を救出する、列車でな」


それには石田も磯崎も驚く。

『列車で救出を⁉』

十河は立ち上がって地図の前に立ち、右の人差し指で敦賀を指差す。

「既に北に朝倉、南東に浅井、南西には朽木。そして、南は琵琶湖に阻まれている以上、今から陸路で脱出を始めても追いつかれ、どこかで包囲される」

十河は琵琶湖の北側を円で囲むようにして続ける。

「そこで、信長には木ノ本駅まで兵を引かせ、そこから列車に乗せて二万人の織田、家康連合軍を全員列車によって撤退させる」

木ノ本から真北陸本線の上を辿《たど》らせた指を、十河は関ケ原付近へ移動させた。

石田も立ち上がって地図の前にやってくる。

「ですが、二万の兵の輸送となれば、最大の編成でも十往復は必要になります。岐阜から木ノ本までは片道一時間半から二時間。今から輸送列車を編成することを考えたら、とてもじゃありませんが、そんなダイヤは組めませんよ」

難しそうな顔をした石田は腕を組む。

磯崎は椅子に座ったままフフッと笑う。

「いや、なにも岐阜まで戻らんでもいいだろう」

「そういうことだ」

ニヤリと笑った十河は、関ケ原から一つ近江寄りにある柏原駅に指を置く。

「柏原駅は北近江と美濃の国境《くにざかい》。ここまで下がれば浅井勢は追ってこられまい」

春も地図のところへやってくる。

「それは間違いありません。それにここであれば、戦となっても負けるようなことはないでしょう。後ろは信長様の領地である美濃なのですから」

石田は顎《あご》を右手でなでる。

「なるほど、柏原から北近江なら約三十キロ。乗り降りの時間を考慮しても、一時間半もあれば一往復が可能かもしれませんね。ですが……まだ輸送量が足りないような気がします」

十河はレールに停めてあった軌道モーターカーを見る。

「今回は長物フラット貨車チキ６０００形十両編成と共に、軌道モーターカーも作業トロッコを連結して投入する」

それで石田は納得した。

「であればギリギリですが、なんとか朝までに全員救出が出来るかもしれませんね」

顔を見合わせた十河と石田は頷き合う。

「すぐにこのことを敦賀城にいる信長に知らせねばなるまい」

磯崎がそう言った瞬間、春が微笑む。

「それは私にお任せください」

「あんたのような娘さんが？」

磯崎が心配そうな顔をするが、春は微笑んで応《こた》える。

「心配はご無用にございます」

春の素性を察していた十河は、任せることにする。

「任せた方がいいだろう。なにも知らない我々よりも」

「確かに……我々では道に迷うかもしれませんしな」

磯崎も納得して立ち上がり、テーブルに置いてあったヘルメットを被る。

十河も石田も国鉄のヘルメットを取り上げて頭に被り、ホームへ歩き出す。

「では、私は敦賀の信長様のところへ」

そう言った春に十河は微笑む。

「送ろう。木ノ本までだがな」

春は嬉《うれ》しそうに笑う。

「はい、ありがとうございます」

今浜駅舎の戸締りをしてから、四人は軌道モーターカーに乗り込んだ。

すぐにディーゼルエンジンが掛けられ、石田が運転して北にある木ノ本を目指す。

「運転を見させてもらっていいですか？」

興味津々の春は、石田の横に立って運転をする様子を見つめた。

既に太陽は西へと下がってきており、琵琶湖へ向かって落ちつつあった。

すぐに東の山手には、小谷城が見えてくる。

線路と城とは、直線距離で約四キロは開いていた。

城からは時折法螺貝《ほらがい》の音が聞こえ、山の上にある城では松明《たいまつ》が灯《とも》り始めていた。

小谷城が戦の準備に入っていることは、こうして離れていても伝わってくる。

そんな小谷城を見ながら十河が呟く。

「結果的には幸いしたな。小谷宿を通していなかったことが」

そこで運転台から離れるように下がった磯崎は、恥ずかしそうに言った。

「ルートを提案した時『いくつか思うことが』と言いました中には、実はこの件も入っていたんですよ、十河検査長」

「そうだったのか」

磯崎は春には聞こえないような声で囁く。

「……浅井長政がいつかは『裏切る』ということは史実でしたから」

「裏切った時、小谷宿を通る線路は危ないと？」

「そういうことです。敵となった場合に封鎖されるかもしれませんからな。ただ、浅井も鉄道の有用性をまだ理解しているわけではありませんから、すぐには妨害に出てこんと思いますが」

「そこまでの考えを持つ者はおるまい。浅井のところには」

そこで磯崎はすまなそうな顔をする。

「今回の件は申し訳ございませんでした。色々な事件の日付がズレておりまして、いつ起こるのかが分からなくて……」

十河はそんな磯崎を見てフッと笑う。

「磯崎のせいじゃないだろ。長政が裏切ったのは」

「そうなのですが……『歴史に詳しい』と自称しておいて、信長最大のピンチである『金ヶ崎の退き口』を予測出来なかったとは……痛恨の極みで」

落ち込んでいる磯崎の肩に、十河は右手を置く。

「この世界の歴史は知らないだろう、磯崎とて」

「そうですな。この世界では、これが史実なのですからな」

磯崎は肩をすくめて笑った。

今浜から木ノ本までの距離は十五キロ程度なので、時速五十キロ前後の軌道モーターカーで飛ばせば十数分で到着する。

陽《ひ》が落ちつつある木ノ本の盛り土のホームに、春だけが下車する。

「ありがとうございました、國鉄の皆様」

「夜も遅いから、気をつけてね」

石田が手をあげて応える。

木ノ本から見て北西の山の方から、数本の煙が真っ直ぐに上っているのが見えた。

額に手をあてた春は背伸びする。

「ここらであれだけの炊飯を行うのは、信長様の軍勢くらい」

「きっとそうだろうな」

春は向き直って、しっかりと頭を下げる。

「では、十河様、磯崎様、石田様こそ、お気をつけて」

「またな、春」

十河が手をあげると、石田は軌道モーターカーをバックさせた。

春の影はみるみるうちに小さくなっていき、ホームから飛び降りるように走り出したと思ったら、北西の山へ向かって素早く消えていった。

「よしっ、ここからは時間との勝負だ」

石田と磯崎は『はい』と真剣な顔で応えた。


三人は出来るだけ早く軌道モーターカーを走らせて、木ノ本、今浜、関ケ原、洲俣、清洲を通って名古屋工場へと一時間ほどで戻った。

既に周囲は暗くなり始めていたが、反射炉の一つが夜でも稼働している工場の奥だけは、炉と松明の光によって煌々《こうこう》と輝いていた。

駅舎の周囲にも、十河らを出迎えるべく松明が五つほど灯されている。

ホームに十河達の乗った軌道モーターカーが勢いよく入線してきた。

出迎えに出てきた駅員達に向かって、十河は大声で叫ぶ。

「総員起こせ。宿舎に残っている者、全員だ」

必死の形相の十河に駅員は聞き返す。

「どうかされたのでございますか？　十河検査長」

「緊急事態だ。今から急いで列車を編成する」

「へいっ。すぐに」

駅舎へ走った駅員は、すぐに口に法螺貝を咥《くわ》えて吹き鳴らす。

そして、もう一人の駅員が太鼓を持ち出して素早く打ち鳴らした。

こうした合図は予《あらかじ》め決められていて、今までは大雨などの自然災害で線路が危なくなった時に使われたことがあった。

駅舎に残っていた長崎と杉浦が、驚いた顔でホームに飛び出してくる。

「どうしたんですか？　こんな時間に」

「後で説明する。今から輸送列車を編成して木ノ本へ向かう。長崎と杉浦は、今すぐC11に火を入れろ」

「今、火を落としたところで、そうすぐには――」

長崎の言葉を十河は勢いよく遮る。

「國鉄が存亡の危機なのだ。長崎、ぐずぐずするなっ」

「わっ、分かりました、十河検査長」

鬼気迫る雰囲気に気圧《けお》された長崎と杉浦は、回れ右をして機関庫へ向かって走った。

すぐに宿舎からは野良着に手を通しながら、百人くらいの勢子が飛び出してくる。

國鉄は禄《ろく》が高く十河の人柄もあって、数年間一緒に鉄道作りをやってきた彼らの士気は高い。十河のためなら「死んでもいい」と口を揃えるような者達だった。

「十河検査長様、なんでございましょうか⁉」

勢子らをまとめている若手の孫七郎《まごしちろう》が代表して聞く。

「今から列車を走らせることになった。まずC11形蒸気機関車を出す」

勢子らは顔を見合わせて『これから⁉』と一様に驚く。

「その後ろにナハネフ22形寝台客車と、長物フラット貨車チキ6000形を十両連結してくれ。それと残っているトロッコも軌道モーターカーに連結させてくれ」

孫七郎は聞き返すことなく頷き、回れ右をして皆の者に叫ぶ。

「よしっ、十河検査長様の言われた通りにするぞ。かかれ――‼」

野良着を着終えた勢子らが一斉に『へいっ‼』と声を揃えた。

そこからは命令しなくとも、それぞれがやるべきことを始める。

すぐにホームにも駅舎にも松明がいくつも灯されて、名古屋工場の周囲だけは昼間のような明るさになっていく。

まだ火を点けたばかりで、蒸気圧が上がらず動けないC11形蒸気機関車を勢子らは手で押して動かし、ホームの先頭へと押し出していく。

「混合燃料を全て降ろせ。石炭と水は満タンにな！」

そんなことを叫ぶ十河に、出発準備をしていた長崎が心配する。

「いいんですか？　貴重な石炭を使用して……」

「さっきも言っただろう、長崎。國鉄の存亡がかかっていると」

「はっ、はい」

長崎は緊張感をもって敬礼した。

Ｃ11形蒸気機関車の準備を終えたらポイントを切り替え、待避線に停車してあったナハネフ22形寝台客車とチキ6000形貨車を出して連結していく。

これほどの長い編成はあまり走らせることはないが、連結や解放作業は毎日行われているので勢子達は慣れた手つきで、あっという間に列車を作り上げていく。

客車と貨車の準備をしている間に、Ｃ11形蒸気機関車の煙突からは黒い煙が上がりだし、車輪の近くからは白い蒸気が溢《あふ》れ出す。

その時間を使って、長崎や杉浦にも作戦内容を説明した。

全てを聞き終えた長崎は、奥歯を嚙みながら深刻な顔をする。

「夜の間に二万人を救出するんですか……」

「そういうことだ」

「その間に敵からの攻撃はないんですか？」

十河は首を振る。

「戦国時代の戦は夜にはあまり行われない。だが、朝日が昇ってきたら……」

「攻撃を受けるかもしれませんね」

十河は次々に連結される貨車を見つめる。

「長政も何をしているかは分かるはずだ。兵を満載している列車を見ればな」

「では、どれだけ夜のうちに、木ノ本から柏原間を往復出来るかですね」

「木ノ本へ向かう下り列車の時は、時速五十キロくらいまで出せるだろうが、問題は柏原へ戻る上り列車の時だ」

杉浦が出発準備をしているC11形蒸気機関車を、長崎は見つめる。

「上りはこいつが最後尾についた上にバック運転ですから、時速二十キロ程度にしておかないと脱線する可能性がありますよ」

「そうだな……」

それについては十河も不安だった。

国鉄の自動連結器は握り合った手のような形をしていて、これは引っ張る時にはあまり問題はないが、押すとなると力の掛かり方が不安定になる。

現代で製造されたレールの上を走っている分には問題ないが、反射炉で作られたレールを高速で走った場合、ちょっとしたきっかけで脱線する可能性があった。

だから、國鉄では前進と同じような速度では、後進を行わないようにしていた。

「輸送中に脱線なんて起こしたら……大変なことになりますよ」

長崎は心配そうに呟く。

もちろん、大量の兵を積んだ状態で脱線などすれば、多くの死傷者を出すことは間違いないだろうし、そこを浅井勢に襲われれば十河達も助かりはしないだろう。

「だが、それ以外に方法は……」

その時、二人の話に耳を傾けていた杉浦が運転台から顔を出して、後ろの方に見えていたＤＤ16形ディーゼル機関車を指差す。

「あれを最後尾に連結すれば、いいんじゃありませんか？」

振り返った長崎は顔を明るくして叫ぶ。

「なるほど！　編成の最前部と最後尾に機関車を連結して走らせる『プッシュプル運転』ですか」

「そうですよ。だったら、上りも下りも『牽《ひ》く』形になるので、時速五十キロは出せるんじゃないですかね」

十河は杉浦の肩を勢いよく叩く。

「いいアイデアだ、杉浦。それで行くぞ」

「僕も少しくらいは、役に立たないといけませんからね」

杉浦が照れながら笑っていると、長崎は少し不安そうな顔をする。

「でも……運転士はどうします？」

「僕がC11形蒸気機関車の方をやるしかないですよ。DD16形ディーゼル機関車なんて運転したことありませんから」

「杉浦君とプッシュプル運転ですか……。やったことありませんよね」

「そんな運転をやる機会なんてありませんでしたからね」

長崎が不安を拭《ぬぐ》えないのは、編成の前後に機関車を連結させて走らせるプッシュプル運転は、運転士同士の呼吸がしっかり合っていないと難しいからだ。

気が合うとか合わないという問題ではなく、運転士としての力量に「差がある」と感じている長崎は、自分の運転に杉浦がついてこられるかが心配だったのだ。

両腕を広げた十河は、二人の肩に手を置いて力を込める。


「初めてのことだが、うまくやるしかない」


そのまま二人の目を見ながら十河は続ける。

「今まで一緒にC11を動かしてきた仲だ。きっと、そこに阿吽《あうん》の呼吸はあるだろう。長崎は杉浦に合わせてやれ、杉浦は長崎を信頼しろ」

一度両目を瞑った長崎は、心の中で覚悟を決めてから目を開く。

「分かりました、精一杯努力します」

「僕も全力で頑張りますから」

二人は両手を出し合って固く握手する。

「C11の機関助士には石田と共に藤井をつける。あいつがいれば関ケ原の登りも問題ないだろう」

「藤井さんがいれば、なんとかなりそうですね」

顔を見合わせた三人は笑い合った。

夜の帳《とばり》が下りた頃、先頭にC11形蒸気機関車を置き、その後ろに客車と貨車を十一両挟み、最後にDD16形ディーゼル機関車を入れた、國鉄史上最長の約二百メートルの長大編成が完成した。

C11形蒸気機関車には杉浦、藤井、石田が乗り込み、DD16形ディーゼル機関車には十河と長崎。その後方に続く軌道モーターカーは高木が運転し、磯崎と仁杉が連結された三両のトロッコに乗り込んだ。

タイムスリップした際に無線機などが詰所に置いていなかったため、二百メートル近く離れている運転士同士で話す手段がない。

そこで、唯一の連絡方法は汽笛になる。

元々、こうした運転を行うために、昔から國鉄では合図が決められていたので、それを磯崎が一覧表にして二人に手渡していた。

最後尾に乗っていた十河が安全を確認してから笛を吹く。

それが発車の合図となって、Ｃ11形蒸気機関車から発車を知らせる長い汽笛が鳴ると、応えるようにＤＤ16形ディーゼル機関車が高音の汽笛を鳴らした。

杉浦は緊張しながら逆転機を前進方向へ回していく。

すると、動力が次第に伝わってピストンから白い蒸気を吐きながら、Ｃ11形蒸気機関車がゆっくりと名古屋工場駅を発車した。

ホームには勢子達が並んで手を振って見送ってくれる。

「お帰りをお待ちしてます！」

そう叫んだ孫七郎に、十河は「すぐ帰る」と笑って応えた。

列車が動き出すと、連結器が次々に貨車を引っ張り、その度に生じる振動が杉浦のいる運転台を大きく揺らす。

「大丈夫か？　杉浦」

石炭をボイラーにくべながら、石田が笑顔で心配する。

「だっ、大丈夫だって。少し黙ってろよ」

「大丈夫ならいいけどな」

蒸気圧が大きく変化しないように、石田は注意しながら投炭することにする。國鉄の全車両を投入した「信長救出列車」が、真っ暗な尾張の町を走り出した。

十河が名古屋工場に着いた頃、信長は防御力に不安を感じる敦賀城には少数の守備兵だけを残し、いくつかの砦が山頂付近に並ぶ沓掛砦まで引き揚げ本陣を張っていた。

そこは木ノ本から約十キロ、敦賀から約十二キロという位置にある。

数日で敦賀城まで落とした信長は、夕餉《ゆうげ》の後で松平家康、柴田勝家、佐久間信盛、丹羽長秀、池田勝正といった家老級を集めて軍議を開いていた。

本陣の周囲には黒で織田木瓜《おだもっこう》が描かれた白い陣幕が張られ、信長の馬印である黄地に黒で銭の「永楽銭《えいらくせん》」が縦に三つ描かれたノボリが立ち並んでいる。

中央に置かれた簡易机には十河が渡しておいた敦賀周辺の詳細な地図が広げられ、それを取り囲むように家老らは床几《しょうぎ》に座って頭をつき合わせていた。

軍議の主な目的は、越前の朝倉義景に対する戦略を練ることだった。

「皆、ご苦労であった。この勢いをもって朝倉は今回で滅ぼす」

豪快に笑った信長は、上機嫌で濁酒《どぶろく》の入った湯呑《ゆの》みを口元へ運んで続ける。

「我が方は朝倉の二倍の兵力。一乗谷まで数で押しまくれよう」

「ですが、兄上。朝倉に木ノ芽峠に籠られてしまっては、数の多さが生かせませぬ」

慎重論を唱える家康に、信長はフンッと鼻を鳴らす。

「時間を稼いだところで、滅ぶ季節が変わるだけであろうに」

勝家が右肩を前に出す。

「あるいはそれを狙っておるのではないか？　冬になり雪が降るのを……」

「義景は気が長いことよの」

勝った気でいる信長は、濁酒を飲みながら再び大きな声で笑った。

その時、幕の間より明智光秀が軍議の場に現れて、信長の前で膝《ひざ》をつく。

「朝倉滅亡の前祝いの酒でも持ってきたか、光秀」

からかうように信長は言ったが、光秀は真剣な表情のままだった。

「信長様に、お伝えしたい儀がございます」

つまらぬ光秀の返しに、信長の機嫌が悪くなる。

「なんじゃ、手短に申してみよ」

「では、単刀直入に……」

一旦言葉を切った光秀は、意を決して続ける。

「小谷城から陣触れが出され、急速に兵が集まっておるとのこと」

それは市の婿であり義理の弟にあたる浅井長政の「裏切り」を告げたものであり、周囲にいた家老達は信長が激怒するものと思って身を引く。

だが、信長の不機嫌そうな表情は変わらなかった。

「それがどうした？」

「これは我らの背後を突く動きであり、裏切りではないかと――」

光秀の言葉を信長は怒号で吹き飛ばす。

「たわけっ！　長政がわしを裏切るわけがなかろう！」

信長は完全に否定したが、光秀は恐れることなく声を大にして報告を続ける。

「ですがっ、小谷城では煌々と松明を燃やしておるとの報が、草より入っております」

立ち上がった信長は、大きな声で言った。

「虚説であろう！」

「ですが、信長様！」

食い下がる光秀の胸に、信長は草履《ぞうり》を履いた足で蹴《け》りを入れる。

「黙れぇ――‼」

後ろへ倒れて尻餅《しりもち》をついた光秀は、胸を押さえながら信長を仰ぎ見た。

「その小谷城の話がまことであれば、それはわしへの援軍であろう」

信長はそう言ったが、額には薄《う》っすらと汗が浮かび始めていた。

生き馬の目を抜く戦国を生き抜いてきた信長には、光秀からの報告が「異常」なことは理解出来たからだ。

その時、木下藤吉郎が春を連れて、軍議の場へやってくる。

「この者がお市様よりの伝言を、お屋形様にお伝えしたいと申しておりまする！」

信長の前に藤吉郎が跪《ひざまず》き、その後ろに春が控えた。

春のことを信長はよく知っており、この場に現れたことで状況を察する。

「長政の裏切りは……まことで……あるか」

そう呟いた信長は、眉間《みけん》にシワを寄せてギリッと奥歯を噛む。

春は下を向いたまま言う。

「明日の朝、小谷を出陣する予定にございます」

「長政めっ」

怒りをぶつけるように机を拳で叩いた信長は、琵琶湖の描かれている地図を見ながら一瞬だけ考え込む。

だが信長は迅速果断の者であり、瞬時に何をしなくてはいけないか決断する。

静かに顔をあげた信長は、居並ぶ家老に向かって言い放つ。

「こたびの戦は負けじゃ。わしは朽木谷を越えて京へ戻るゆえ、各々も撤退せよ」

その時、春が顔をあげる。

「お待ちくださいませ、信長様」

怒り心頭の信長は、春を見下ろして睨《にら》みつけた。

「なんじゃ、春。今は一刻の猶予もないのじゃぞ」

「朽木谷の朽木元綱も戦の準備を整え、信長様を手ぐすね引いて待っております」

琵琶湖の西側を回る道を否定された信長は、怒りが頂点に達する。

「ならば！　わしらは袋のネズミではないかっ」

信長が蹴り飛ばした机が壊れ、砂埃《すなぼこり》をあげて倒れた。

破壊された机の一部が顔をかすめても、春は動じることもない。

「信長様。十河様……いえ國鉄守様が『迎えに来る』とのことにございます」

意味が分からなかった信長は、怒ったまま聞き返す。

「十河が迎えに⁉」

春はしっかりと頷く。

「木ノ本駅に列車を用意し『兵を全て美濃まで運ぶ』とのことでございました」

「一晩のうちにか⁉」

「國鉄守様は、そう申しておられました」

そんな春の話を聞いたことで少し余裕が出てきた信長は、笑みを浮かべながら落ちていた地図を拾い上げて眺める。

「なるほどのぉ、さすがの十河。奴ならやれるやもしれぬ」

だが、勝家は不審そうな顔をする。

「木ノ本へ向かえば小谷城に近づく。それは危険であろう」

それには信盛も賛同する。

「確かにそうですな。もしも、列車が来なかった場合、我々は敵の真っ只中《ただなか》、しかも、砦もない野原で戦うことになります。そうなっては万に一つも勝ち目が……」

「いや、それよりも國鉄守が、長政と通じておらぬとは限らぬ」

勝家は地面を睨みつけるように言う。

「國鉄守殿が⁉」

驚きながら信盛が聞き返すと、勝家は髭《ひげ》に覆われた顎に手を置く。

「この砦から我らをおびき出し、木ノ本で一網打尽とする気ではないか？　のこのこ山を下りて駅で待っていたところを襲われては、死んでも死にきれぬわ」

「さすがにそこまでは考え過ぎではないか？　勝家殿」

勝家は語気荒く信盛の言葉を否定する。

「どうかのっ。奴は『列車が走ればよい』と考える単なる商人《あきんど》。別に主《あるじ》はお屋形様でも長政でもいいと考えておるのではないか？」

八方塞がりの状況に、勝家もイライラしていた。

鉄道を利用することも少なく、あまり利用価値を見出《みいだ》していない家老達は、十河からの提案に対して不信感を表した。

そんな家臣らの話を黙って聞いていた信長は声をあげる。

「半兵衛はおるか！」

竹中半兵衛は幕の向こうから、素早く現れて跪く。

「そこにいたのであれば聞こえていたであろう。どう思うか？」

半兵衛は考えることもなく即答する。

「國鉄による撤退しかありませぬ」

信長は静かに頷く。

「で、あるか」

信長は幕の外へ向かってゆっくりと歩きだした。

時を同じくして、小谷城には近隣の村から、陣触れを聞いた住民らが続々と集まりつつあった。そのため、小谷城のある山の尾根には松明が夜通しで灯されていた。

小谷宿は北国脇往還沿いにある宿場町で、小谷城はそのすぐ北側にある。

小谷城は標高四百九十五メートルの小谷山山頂から続く尾根筋に沿って築かれた典型的な山城で、切り立った山の上にある雰囲気は稲葉山城に近い。

浅井長政の居城である小谷城も「堅固」として名を馳《は》せていた。

上空から見ると、逆U字形をしており、左右の鋭い尾根に挟まれた深い谷筋が真ん中を通っている。次第に標高が上がる尾根筋には出丸《でまる》から続く土塁で囲まれた曲輪《くるわ》が続く。戦となった時には砦となる堀を有した屋敷が、尾根を塞ぐようにいくつも建っている。

そんな右の尾根の中央には二階建ての武家屋敷を持つ本丸があり、南側の部屋には長政と市が二人でたたずんでいた。

高い場所にある屋敷の窓からは、天気がよいと琵琶湖もよく見えた。

「すまぬな。義理とは言え、兄である信長殿に弓を引くこととなり……」

窓際から見える近江の地を見つめながら、長政は市に謝った。

「兄を討つことになりましょうとも、私は構いませぬ。殿の思うがままにお働きくださいませ」

まだ二十一歳と若い浅井長政は端整な顔立ちで、女性に対する物腰も柔らかだった。

政略結婚ではあったが長政の優しさと夫を立てる市の気遣いがうまく絡み、二人の仲はむつまじく、領民からの人気も高かった。

着物を床に広げて座る市を長政は振り返る。

「それでよいのか？　そなたは」

市は一拍置いてから応える。

「願わくは……兄と殿が並び立つ世であって欲しい、そう考えております。ですが、わたしくは輿入《こしい》れをした時から、浅井の家の者と心に決めております」

長政は市に向き合う。

「こたび、信長殿を討ったことで織田家との仲は断絶となる。そうなったら……市。そちは織田家へ戻るか？」

ゆっくり立ち上がった市は、長政に寄り添うように立つ。

「わたくしはいつまでも、この小谷にいとうございます」

腕をそっと握られた長政は、応えるようにそこに自分の手を重ねる。

「……市」

二人が見つめ合うと、市は空いていた手をお腹《なか》に置く。

「この子は……小谷で育てとうございますので」

「そうか。その子のためにも、浅井を守らねばならぬな」

二人は南の窓から外を見つめた。

すると、小さな光が二つほど南から北へと動いていくのが見える。

「あれは……信長殿の敷いた鉄道の光か？」

長政と並んで見つめる市が応える。

「そうでございましょう」

「まるでキツネが運ぶ提灯《ちょうちん》のようだ。あれは夜中にも走るものなのだな」

「そのようでございますね。わたくしも見るのは初めてでございますが……」

「市も……初めて見たのか」

長政は北へ消えていく灯りを、目を凝らして追った。


國鉄が編成した列車は名古屋工場から熱田、清洲、洲俣、大垣、関ケ原を抜けて、いつもよりも早く柏原に到着することが出来た。

それは最後尾からDD16形ディーゼル機関車が押すプッシュプル運転によって、C11形蒸気機関車の負担が軽くなったからだ。

熱田から洲俣くらいまでは長崎も杉浦も息が合わずに走りが乱れがちだったが、次第にタイミングを自然と合わせられるようになってきた。

そのまま柏原から春照、今浜を越えて右手に小谷城を見ながら走った。

先頭のC11形蒸気機関車に乗っていた藤井は、体を運転台から出して前を見る。

「そろそろ木ノ本のはずだよなぁ？」

石田も一緒に前を見たが、周囲は真っ暗だった。

「そのはずだぞ」

「駅の近くに誰もいねぇぞ」

目を凝らした石田は驚く。

「誰もいない⁉　どういうことだ？」

藤井は開いた手を左右に広げる。

「俺に聞かれても、そりゃ～知らねぇな。ちゃんと信長に伝わってんのか？」

「たっ、たぶんな」

藤井は「たぶん～？」と疑うように聞き返す。

「電話連絡したわけじゃないからな。俺達は春さんに救出作戦のことを『信長に伝えてくれ』って言ったんだ」

「大丈夫なのか～？　娘一人に任せて」

「しっ、仕方がないだろ。俺達が行くわけにもいかないし……」

「まっ、そりゃそうだけどよ。こっちが襲われるのは勘弁だぜ。俺達は自衛隊じゃねぇんだからさ」

「わっ、分かっているさ」

先頭の蒸気機関車を操る杉浦が徐々に減速すると、最後尾のディーゼル機関車を運転している長崎がタイミングを合わせ減速していく。

次第に真っ暗な木ノ本駅が見えてくるが、確かに周囲には誰もいなかった。

石田は（春さんは信長のところへたどり着けなかったのか？）と考えた。

やがて大きなブレーキ音をあげて救出列車が木ノ本駅に到着する。

後方には三両の作業トロッコを牽《ひ》く軌道モーターカーも遅れずについてきていた。

「杉浦と藤井は、いつでも走り出せるように運転台で待機していてくれ」

そう言い残すと、石田は運転台を飛びだしてホームを走った。

後部のディーゼル機関車からは十河が出てきて、ホームの中間くらいで落ち合う。

「信長が来ていませんよっ、十河検査長！」

十河は北西の山を見つめるが、暗闇に包まれていて山の稜線しか見えない。

「なにかあったのか？　もしくは朽木谷へ向かうことを選んだか……」

「朽木谷へ⁉」

驚く石田に十河は頷く。

「今回も同じ判断をしたかもしれん。史実ではそう考えて行動したのだから」

「その可能性はありますな」

トロッコからゆっくり歩いてきた磯崎が合流して続ける。

「木ノ本へ来るということは、小谷城にわざわざ自分から近づくようなもの。それを危険と考えて琵琶湖の西へ向かったかもしれませんな」

「どうします、十河検査長⁉　こんなところで敵方に襲われたら、我々は一たまりもありませんよ！」

焦った石田が磯崎と共に顔を見つめると、十河は星空を仰ぎ見る。

「もう少し待ってみよう。まだ、浅井は襲ってこないだろうからな」

「分かりました……」

例えようのない不安を感じていた石田は、唇を噛みながら応えた。

民家もあまり見えない木ノ本駅には、蒸気機関車から出される蒸気の音だけが暗い闇の中で響いていた。

十河らは焦りながらホームで信長を待つしかなかった。

それは十数分のことだったが、まるで数時間のように感じた。

その時、C11形蒸気機関車の運転台にいた藤井が前を指差して叫ぶ。

「なにか来るぜっ！」

暗闇の中を左から右へ移動している集団が見えたが、敵か味方か分からない。

そこで十河は全員に向かって声をかける。

「全員、乗車して待て！　敵だったら笛を吹く。その時は、全速で後進しろ」

周囲から『了解』という声が聞こえてきて、全員どこかの車両に急いで乗り込む。

十河はホームの北の先端まで走って、そこで目を凝らす。

「自分も確認します」

横を見ると石田が微笑んでいた。

「危ないのは、私一人でいいのだがな」

「いえ、十河検査長になにかあったら、國鉄はおしまいですから。自分が命に代えても守ります！」

石田は蒸気機関車の運転台からとってきたボイラーのひっかき棒を見せた。

前方までやってきた集団の先頭は騎馬らしく、背の高いシルエットが見え、馬の駆ける音が次第に響いてきた。

緊張して心臓が高鳴ってきた石田は、棒を持つ両手に力を入れる。

敵と分かれば一目散に逃げなくてはならない。

十河も目を凝らしながら、国鉄で使っていた笛を口に咥えて待つ。

他の國鉄の者も笛が鳴ったら、すぐにでも後進出来るように待機する。

全員の心拍数は高まり、額からは汗が流れた。

やがて、C11形蒸気機関車のヘッドライトの前に、先頭の騎馬の姿がゆっくりと現れた。

その背中には永楽銭の描かれたノボリが見える。

「信長だっ」

すぐにドドッという馬蹄《ばてい》の響きと共に、騎馬の集団が木ノ本駅へ一気になだれ込んでくる。

そんな先頭集団にいた信長が、ホームの先端に立つ十河の前に馬を止めた。

「すまぬな、十河。迷惑をかける」

「なに、人と物を運ぶのは國鉄の使命だ」

二人の視線が交差し合う。

そこには言葉を交わさなくとも、信頼し合えるものがあった。

「で、あるか十河」

「そうだ、信長」

十河が微笑むと、信長も笑い返した。

信長の後ろから次々と騎馬の武将に率いられつつ、銃や槍を持った徒歩《かち》の集団も必死の形相で追いかけてきていた。

木ノ本駅周辺が信長の兵ですぐに埋め尽くされていくが、二万の兵は数が多く行列はまだまだ北国街道に続いていた。

そこに松平家康、柴田勝家、佐久間信盛、丹羽長秀、池田勝正といった家老や木下藤吉郎、竹中半兵衛も騎馬で現れ、下馬してホームにいた信長の元へ集まってくる。

「時間がない。兵を列車に乗り込ませてくれ」

十河がそう言うと、木下藤吉郎がすぐに気がつく。

「これだけの列車では、二万の兵は乗り込めんのではないか？　國鉄守殿」

「何度か往復させて運ぶ。柏原と木ノ本をな」

十河がそう言うと、信長が「そういうことか」と頷く。

だが勝家は「はっ」と吐き捨てる。

「こんなことであろうと思ったわ。それでは、最初の車に乗った者は逃げおおせても、ここで待っておる者は襲われるかもしれぬではないか。残った者は朝倉、浅井からの追撃を少数の兵で受け止めねばならぬことになる！」

十河は怒りを露《あら》わにした勝家を睨み返す。

「全員を脱出させる。敵が来る前にな」

「そううまくいくのか⁉　國鉄守」

問い質《ただ》す勝家の視線と十河の視線が火花を散らす。

「必ずうまくいかせてみせる。我々は國鉄だからな……」

静かだが迫真の十河の勢いに、さすがの勝家も気圧される。

「なっ、なにを根拠に……」

「私も最終列車で戻る。ここに最後まで留まる覚悟だ」

十河にそこまで言われてしまった勝家は、黙るほかなかった。

そんな話を聞いていた松平家康が信長に告げる。

「兄上は最初の車で行かれよ。某《それがし》がここで殿《しんがり》を務めましょう」

「家康が殿を？」

信長は驚いた顔をする。

戦場に最後まで踏み留まることになる殿は最も危険な役目で、特に撤退戦ともなれば時間稼ぎのために、自らを犠牲にするような行動も要求される。

戦場で死ぬことが多い役目など、誰も進んで受けたくはない。

だから、信長は驚いたのだ。

「兄上には清洲からこれまでにいくつもの恩義がある。ゆえに御恩返しでござる」

「……家康」

緊張感漂う雰囲気の中、藤吉郎が信長の前で膝をつく。

「お屋形様、そのお役目。わたしくめにお任せ願えませぬでしょうか！」

意外な申し出に、家康は鋭い目で藤吉郎を見下ろす。

「藤吉郎殿……」

「家康様は三河を治め、お屋形様の背中をお守りする御盟友。そのようなお方に殿をして頂いたとあっては、織田家家臣の面目が立ちませぬ」

必死の形相で願い出る藤吉郎を、信長も真剣な顔で見つめ返す。

「藤吉郎、殿の役目……分かっておろうな」

「分かっております。ですが、わたくしめの命は最終列車までここに残るとおっしゃる十河殿に助けて頂いたもの。それゆえ、絶対に残してはゆけませぬ！」

　それには十河も心を動かされた。

「……藤吉郎」

　深く頭を下げて藤吉郎は頼み込む。

「殿のお役目。何卒《なにとぞ》、わたくしにお任せくだされ！」

　信長は僅かに右の口元をあげる。

「よくぞ申した、藤吉郎。お前に殿を命ずる」

「ありがたき幸せにございます」

　膝をついたまま藤吉郎は笑顔で応えた。

　まずは信長や家康など、主な武将達を脱出させなくてはならない。

　集まっていた兵に向かって信長はホームから叫ぶ。

「皆の者、列車に乗り込め！」

　信長の号令を合図に尾張兵はホームへと上がり、急いで長物貨車に乗り始める。

　貨車に乗り込んだ足軽達が立ったまま詰めていくと、体の周囲を大きく囲む鎧が当たってガチャガチャと大きな音をたてる。

　そして、騎馬でやってきた者達が、馬をどうすればいいのか迷っていた。

「馬を載せていては、乗れる兵の数が少のうなるか……」

二人は言葉を交わさず、目だけでお互いへの想《おも》いを通じ合わせた。

前を向いた十河は客車を出てドアを閉める。

ホームには竹中半兵衛が頭を下げて待っていた。

「十河殿、私に軌道モーターカーと仁杉殿を貸してもらえませんか？」

半兵衛の横には仁杉もいて、小さく何度も頷いている。

そうすれば軌道モーターカーと作業トロッコ三両分の輸送力が奪われることは承知の上で半兵衛が頼んだことは分かった。

「なにをしようというのだ？」

「このまま朝倉にも浅井にも気づかれなければよいのですが、撤退は目立つ動きですので……もしかしたら早々に追撃に出てくるかもしれません」

「確かに。あり得ぬことではないな」

もし、朝倉か浅井に目鼻の利く者がいて朝を待たずに夜中に追撃に出られたら、十河らの運命は一巻の終わりだった。

十河は輸送に関する計画は立てていたが、防戦の用意はまったくしていなかった。

「役に立たなければ良いのですが、準備は仁杉殿と整えておこうかと思いまして……」

十河は半兵衛と仁杉を信頼することにする。

「了解だ。軌道モーターカーを好きに使っていい」

「ありがとうございます」

仁杉と共に頭を下げた半兵衛は、軌道モーターカーへ向かって走った。

既に長物貨車には多くの兵が乗り込んでいて、機関車や作業トロッコのステップや屋根など、乗れそうな場所はどこも鈴なりになっていた。

仁杉と半兵衛が軌道モーターカーに乗り込むのが見える。

「よしっ、出発だ」

十河が口に咥えた笛で、短く一回、長く一回鳴らす。

それに応えるように軌道モーターカー、DD16形ディーゼル機関車、C11形蒸気機関車から、それぞれ汽笛が響いてくる。

柏原方向からディーゼルエンジンの音が高鳴り、作業トロッコを三両連結させた軌道モーターカーがバックしていく。

それを追うようにして救出列車がゆっくりと動きだす。

軌道モーターカーは高木。蒸気機関車には杉浦と藤井。ディーゼル機関車は長崎が運転し、ホームには十河、石田、磯崎の三人が残った。

「殿はわたくしにお任せあれ！」

振り返ると、藤吉郎が自分の胸を叩きながら楽しそうに笑っていた。

「すまんな、藤吉郎。いざという時は頼む」

「万事お任せあれ。藤吉郎は運の良い男にござる」

くったくのない顔で笑う藤吉郎の後ろから、黒い甲冑を着た武者が現れる。

「その幸運に、某もあやからせてもらおうか」

現れたのが明智光秀だったので、藤吉郎は目を大きくして驚く。

「どうされた⁉　明智殿。明智殿こそ一番の車に乗ってよいお方……」

申し訳なさそうな顔をした光秀は、首を横に振る。

「こたびの戦はもとはと言えば義昭公が言い出したこと。そうでなければ浅井殿も義理の兄である信長様を裏切ることはなかったはず。ゆえに、これくらいせねば申し訳なく」

「そうでござったか。ですが、危なくなった時は、気にせず逃げられよ。わしはお屋形様より直々に殿を命じられた幸せ者。お屋形様が大事にしておられる明智様が、こんなところでケガでもしたとあっては、わしが怒られますゆえ」

光秀の肩を叩きながら、秀吉はまた楽しそうに笑った。

そこから、國鉄による兵の輸送が始まった。

続々と山を下りてくる信長と家康の兵達には、

「お屋形様からの命令である」

と、光秀や藤吉郎が説明してかさばる鎧を脱がせていく。

武器だけを持った兵らを十河、石田、磯崎で案内してホームに整列させる。

一時間半ほどで戻ってきた救出列車に急いで兵を乗り込ませて、数分も経たないうちに柏原へと出発させた。

「どのくらい乗れている?」

十河が聞くと、磯崎は首を捻る。

「鎧を脱いで馬も積まないことで、おそらく……一回で二千五百から三千名は運べているとと思いますが、正確には……」

と、自信なげに応えた。

「二千五百か、三千か……」

十河が焦ったように言ったのは、木ノ本の周囲には既に一万数千の兵が集まっていて、一回運んだくらいでは大して減っているように見えなかったからだ。

しかも、列車が一度行くと、一時間半は闇の中で待つだけになる。

もちろん、兵の間にも同じような感情が広がっていた。

「俺達は本当に乗れるのか?」

「朝になっては、敵が攻め寄せてきてしまうぞ」

といったことが囁かれ、なにかのきっかけでパニックを起こしそうな緊張感が漂いだしたが、そんな雰囲気を察した藤吉郎が馬に乗ってゆっくり回ってくれる。

「安心せよ。皆、列車に乗って岐阜へ戻れるぞ」

こんな状況にもかかわらず、いつものように明るく振舞う藤吉郎のおかげで、なんとか冷静さを保って列車を待つことが出来ていた。

その頃、ここで負ければ一乗谷まで攻め込まれて滅亡する危機にあった朝倉義景は、この木ノ芽峠が背水の陣になると考え、鎧を脱ぐことも出来ずに床几に座ったまま仮眠をとっていた。

そんな義景の元に驚愕《きょうがく》の知らせが入る。

「殿――っ‼」

眠っていた朝倉義景は、使番の叫び声で目を覚ます。

「なっ、なんじゃ？」

「申し上げます！　信長に獲《と》られました金ヶ崎城には誰もおらず、もぬけの殻にございます」

予想外のことに義景は驚く。

「どうして信長の兵はおらぬのじゃ⁉」

「理由は分かりませぬが、夜闇に紛れて軍を引いたものと思われます」

そこで義景は、一つの可能性に気がつく。

「もしや……長政殿が動いてくれたか⁉」

窮地に陥った義景は長政に「朝倉滅亡の危機につき、恥を忍んで救援を懇願す」という文《ふみ》を送っていたが、長政からはなんの返答もなかった。

だが、昨日まで破竹の勢いで勝ち続けていた信長が「突然引いた」ということを説明するには、それくらいしか理由は考えられなかった。

義景は立ち上がり、陣内へ向かって叫ぶ。

「皆の者、出陣じゃ！」

怪力無双の豪傑と言われた真柄直隆《まがらなおたか》が、飛び起きてきて義景を止める。

「殿、まだ丑三《うしみ》つ時でございますぞ」

「今なら信長軍に深手を負わせることが出来るのじゃ。この千載一遇の機会を逃してはならぬ！　ええぃ、出陣じゃ。準備が整った者からついてまいれ」

義景は用意された馬に跨ると、北国街道を走りだした。

突然起こされることになった朝倉兵達だったが、彼らもまた戦人だ。

すぐに「武士は常に、いざ鎌倉《かまくら》」とばかりに、騎馬の者は鎧を抱えながら馬に乗り、足軽は武器だけを抱えて走りだす。

義景のいた木ノ芽峠は、木ノ本から三十キロほどの場所にあった。

最初に信長が乗った列車から数えて合計六本の救出列車が、木ノ本を発車することが出来ていた。

「うまく行ったな。ここまでは……」

かなり兵が減っていた駅周辺を見回しながら、十河が呟く。

「残りは二千人ほどですので、後、一本で全員が脱出出来そうです」

ホームを歩いてきた石田は、少しホッとした顔をしていた。

「そうか……後少し、気づかれなければいいが」

十河はゆっくりと白みだした東の空を見る。

「一万八千人も助けられたのですから、もう十分だと思いますけどね」

そう言って微笑む石田に、十河は厳しい顔をする。

「國鉄としての意地だ。全てのお客様を無事に運ぶのはな」

十河は北へ向けて警戒についている兵を見て続ける。

「残っているのは、殿を担当している藤吉郎の兵か？」

「そうだと思います」

藤吉郎は蜂須賀小六、前野《まえの》長康《ながやす》といった者を中心に、二千名ほどの部下を率いており、殿として最後まで鎧を着たまま警戒を解いていなかった。

その時、柏原方面から黒い煙を上げてＣ11形蒸気機関車が近づいてくるのが見えた。

「よしっ、これで全員助かりますね」

石田が嬉しそうに言うと、十河はやっと微笑んだ。

十河は十メートルほど向こうで馬に跨っていた藤吉郎に向かって叫ぶ。

「藤吉郎！　兵達に乗車の準備をさせてくれ。最終列車が来た」

「分かり申した！」

馬を巡らせた藤吉郎は遠くで警戒についている兵から順に声をかけ、木ノ本駅へ向かうように指示していく。

駅へやってきた兵は鎧を急いで外して、後部の貨車の前に並んだ。

やがて、最終列車がC11形蒸気機関車を先頭にして木ノ本に到着する。

運転台から出てきた杉浦も、さすがに疲労困憊《こんぱい》といった表情だった。

「これで僕の運転は終わりですからね。後は牽いてもらうだけです」

体をグッと伸ばした杉浦は、清々《すがすが》しい顔をした。

「一徹くらいで文句言ってんじゃねぇよ」

まだまだ元気そうな藤井が、手にスコップを持って出てくる。

「僕は藤井さんみたいに、頑丈じゃありませんから」

「だったら体鍛えねぇとな」

口を尖《とが》らせる杉浦を見ながら、藤井は思い切り笑った。

その時、見張りに立っていた藤吉郎の兵が叫ぶ。

「敵襲――‼」

北を見ると、山から勢いよく騎馬が下ってきている。

その後ろには徒歩《かち》の者も続いていた。

既に信長と家康の兵は全て木ノ本に到着しており、近づいてきているのは朝倉勢以外には考えられなかった。

藤吉郎の兵の多くはホームに上がっていたが、まだ、三百名ほどが駅周辺で鎧を着たまま警戒態勢をとっていた。

「きっ、来た！」

杉浦は運転台に逃げ込んだが、藤井は顔だけ出して見つめる。

「あれが敵兵か。数がシャレにならねぇな」

鎧の音を響かせて一列縦隊で続く朝倉兵は、遥か向こうまで延々に続いていた。

馬の嘶《いなな》く声、槍が擦《こす》れる音、火縄の焼ける匂《にお》いといった戦場の雰囲気が漂い始める。

十河は石田と磯崎に向かって大声をあげる。

「鎧を着ていても構わん。急いで乗り込ませろ！」

石田はホームを走りながら、笛を口に咥えて短く連続で吹いて急がせる。

「急いで！　急いで！　早く！　早く！　すぐに出発するぞ」

磯崎も手を大きく回して兵に乗車を促す。

ホームにいた兵は我先に貨車へと乗り込み、後ろからやってきた者達に手を貸して乗車を助けていた。

十河は唇を嚙む。

「後、もう少しというところで」

「我らは殿じゃ！　残っている者は、こっちへ集まれ！」

そう叫んだ藤吉郎は馬を巡らせて、十河のところへやってくる。

「十河殿、列車を出されよ。わしは殿でござるゆえ、奴らをここで引き留める」

ここで藤吉郎を置いていけば、必ずや敵に討ち取られるだろう。

後に豊臣秀吉となる歴史的にも重要な藤吉郎を、十河は見捨てておけなかった。

「失うわけにはいかん。お前も大事な者なのだ」

「十河殿、その言葉を冥途《めいど》の土産《みやげ》にするでござるよ。お屋形様には『藤吉郎は無事に殿を果たした』とお伝え願いまする」

残った三百名ほどの藤吉郎の兵達は、駅周辺に固まって鉄砲を構える。

先に列車に乗った多くの者が「殿に」と鉄砲を多く残してくれていたのだ。

山を下った朝倉の兵が百メートルほど先で左から右へ展開し始め、早朝の北近江の平原に法螺貝の音が高らかにいくつも鳴り響く。

彼らは後からやってきている足軽の数が揃うのを待っているようだった。

木ノ本のホームに残っているのは、十河と石田だけ。

十河は国鉄マンとして、彼らを残していくことに納得出来なかった。

磯崎は最後尾のディーゼル機関車のデッキに片足をのせて、十河からの出発の合図を待っていて、長崎も窓から首を出して見つめていた。

朝倉兵が腰を屈《かが》めながらジリジリと迫ってくる。

やがて朝倉方の放った鉄砲の弾が、蒸気機関車の車体に命中して嫌な金属音が鳴る。

「そっ、十河検査長――‼」

運転台でヘルメットごと頭を抱える杉浦は叫ぶように言った。

すぐに風切り音がいくつも響いて、朝倉からの弾が木ノ本駅に撃ち込まれるようになってきた。

大きな目標である蒸気機関車には、多数の弾が命中する。

藤吉郎は馬上から指揮用の鞭《むち》を朝倉方へ向けて振る。

「放て――‼」

ズドドドンと火縄銃が一斉に発射され、周囲は黒色火薬の白い燃焼煙でまるで煙幕が張られたかのように白く包まれる。

いつもの戦のように、飛び道具による撃ち合いが始まった。

だが、こちらの数が少ないと見れば、朝倉が早々に突撃をかけてくるのは誰の目にも明らかだった。

そうなってしまっては、残った兵を列車に乗せる時間はない。

そのことは十河にも、よく分かっていた。

藤吉郎達を見捨てる決断がつかない十河に石田が言う。

「十河検査長、仕方がありません。奴らが駅へ突っ込んできたら、今、列車に乗っている千数百名の兵も戦わざるを得なくなります」

「……だが」

「いえ、我々も戦うことになりますよ、十河検査長！」

「分かっている、石田……」

藤吉郎は笑顔で、決断のつかない十河に優しく微笑む。

「さぁ、行かれよ、十河殿。もう時間がないでござる」

その時、朝倉の前線の兵が横一線に一斉に立ち上がる。

そして、最後に侍大将と思われる鎧武者が立ち上がり、右手を高く掲げた。

「皆の者、敵の数は少数ぞ。一気に掛かるぞ、突撃じゃ――‼」

鬨の声と共に、朝倉の兵が一斉に駆け足で木ノ本へ突っ込んでくる。

石田が無理矢理にでも十河を救うべく、C11形蒸気機関車の運転台に突き飛ばそうとした瞬間だった。

最後尾のディーゼル機関車の方から、耳をつんざくような笛の音がいくつも響く。

「なっ、なんだ⁉」

十河が振り返ると、橙《だいだい》の光をひくものが空を覆わんばかりに、円弧を描きながら木ノ本駅の上空を越え、一気に朝倉勢の頭上に降り注いだ。

『うおぉぉぉぉぉ‼』

音に反応して空を仰ぎ見た朝倉兵は「なんじゃあれは⁉」と叫び声をあげ、突如空から落ちてくる物体に怯えて四方八方に逃げだす。

空から降ってきた物体は空中でドンという音と共に爆発するものもあれば、地面に刺さってから爆発するものもある。

だが、爆発する度に、周囲に毒々しい真っ赤な煙を大きく放った。

大混乱に陥った朝倉兵の中で誰かが叫んだ。

「これが噂に聞く、信長の雷《いかずち》か――‼」

稲葉山城を落とした臼砲《きゅうほう》は、噂《うわさ》が噂を呼び「信長の雷」として周囲の国では恐れられていた。

多くの国では正体が分からず、勝手な想像で「恐ろしいもの」と噂が広がった。

それが、自分達へ向かって撃ち込まれたのだと、朝倉兵は思ったのだ。

全ての者が足を止め恐怖に苛《さいな》まれた瞬間、また大量の音色の違う笛の音が木ノ本にこだまして、空を覆うように光が伸びていく。

「これは新たな武器じゃ。信長の横笛じゃ。皆、殺されるぞ――!!」

そう叫んだ足軽の言葉が、完全に朝倉兵の士気を砕いた。

一人が逃げだしたことで、一気に軍勢が崩壊する。

横の者が逃げだせば自分も続き、後方にいた者は逃げ帰ってくる者を見た瞬間、更に後方へ向かって走りだそうとする。

不気味な赤い煙が戦場に充満したことで「毒じゃ」という声があちらこちらから響き、息をするだけで苦しみ出す者まで現れた。

これは金生山《かなぶやま》から副産物として採れるベンガラの粉で、まったく毒性はないのだが、集団心理として、朝倉勢は催眠に掛かったような状態になっていた。

こうなっては武将が「逃げてはならぬ」といくら叫んでも、どうにもならない。

兵は赤い煙が見えなくなるところまで、とにかく必死になって逃げた。

「なんだ?」

十河が再び振り返ってみると、ディーゼル機関車の向こう側には軌道モーターカーと作業トロッコがあって、そこには大量の龍星が、空に向けて斜めに設置されていた。

どうやら、半兵衛と仁杉は名古屋工場まで戻って龍星を積み込み、多連装ロケットランチャーのようにして使用したようだった。

全弾撃ち終えた軌道モーターカーが、作業トロッコを押して後退し始める。

十河はこの機会を逃さない。

「藤吉郎、全員を列車にっ!」

「おっ、おう。その通りじゃな。皆の者、急いで引け!」

藤吉郎が馬から飛び降りてホームを走りだすと、駅の周囲に残っていた三百名の兵も追いかけるようにホームを駆け、次々に列車に飛び乗っていく。

蒸気機関車の運転台に飛び込んだ藤吉郎は、床に体を投げて大きく息をついた。

「行くぞ」

まだ乗り込めていない者もいたが、十河は発車を知らせる笛を吹く。

それは長崎にも聞こえ、窓から顔を引くとフィィと汽笛を鳴らした。

連結器が強引に牽かれる音が響き、救出列車がゆっくりと動き出す。

藤吉郎の兵らは「命がけ」とばかりに、走り始めた列車に必死にしがみつく。

その時、まだ鎧姿でホームを駆けてくる者がいた。

それは明智光秀だった。

鉄砲の名手である光秀は、律儀にもまだ前線にいて戦っていたようだった。

「早く乗れ、光秀!」

十河は運転台の左から体を半分出して叫ぶが、鎧を着たままの光秀は思ったように走れないようだった。

次第に走る速度を速めていくが、列車も加速していく。

ジリジリと近づいてくるが、運転台には届きそうにない。

そこで、十河は右手で運転台入口の握り棒を摑《つか》みながら、出来るだけ体を外へ伸ばして
左手を差し出しながら叫ぶ。

「光秀！　手を摑め！」

「かたじけない、十河殿！」

光秀は必死に走りながら、左腕を思いきり伸ばす。

お互いの手が、あと少しで触れそうになった瞬間、十河の脳裏に声が響いた。

(ここで見捨てれば……信長は死ななくて済むのではないか？)

周囲は全て朝倉の兵で埋まっており、列車に乗れなければ確実に死ぬだろう。

加えて殿として残った以上、ここで光秀が死んでも誰も十河を咎《とが》めはしない。

それに藤吉郎はフロアに寝そべっていて、十河のことを見ていなかった。

「十河殿！」

必死に走る光秀の顔を見た十河は、その瞬間に悪魔のような考えを捨てた。

そして、伸ばされた手をしっかりと摑む。

「来いっ、光秀」

十河がしっかり手を繋ぐと、後ろから藤井が現れる。

「そのまま、手を放さないでくださいよ」

藤井は十河より更に外に体を伸ばして、光秀の奥襟《おくえり》を大きな手でしっかり掴む。

そして、柔道の投げ技のように、光秀を運転台へ引っ張った。

勢い余って光秀は運転台の壁にぶつかるが、無事に乗り込むことが出来た。

その様を近くで見ていたかのように、長崎は列車を一気に加速させる。

やっと態勢を立て直した朝倉勢は必死に追いかけてきたが、既に人や馬が追いつける速度ではなくなっていた。

東には既に太陽が昇っている。

そんな朝日を左側から浴びながら、長崎は目を真っ赤に腫《は》らしてディーゼル機関車の運転を続けていた。

「明日は絶対に運休ですからね」

怒ったように言ったが、全ての兵を救えたことで長崎は大いなる満足感を得ていた。

軌道モーターカーは既に見えないところまで消えていて、後は事故がなく美濃まで戻ればいいだけだった。

「今回は杉浦と共に、大殊勲だったな、長崎。お疲れさん」

運転台に一緒にいた磯崎は、肩を後ろから叩きながら笑った。

木ノ本を出てしばらくすると、一キロほど左の山の上に立つ小谷城が見えてくる。

「お市様は大丈夫なのでしょうか？　こうなってしまっては、敵である信長の妹ということになってしまうのですよね。人質として殺されたりしないのですか？」

眼鏡の真ん中に指をあてて直した長崎は、小谷城を心配そうに見つめる。

「大丈夫じゃろ。史実でも同じような立場になるが、浅井長政は変わらずお市様を愛したようだし、殺すことも実家へ戻すこともしなかったのだから」

「そうですか……」

長崎はホッとしたような顔をして、深く息を吐いた。

しかし次の瞬間、長崎は大きく目を見張る。

「あっ、あれはなんですか⁉」

長崎が指を差した遥か前方には、鎧を着た者達が線路近くに集まっていた。

線路の左側には浅井家の家紋である「三つ盛り亀甲花角」が描かれたノボリがいくつも立っていて、千名近い軍勢が線路付近に固まっていた。

前の窓を見ながら磯崎は目を細める。

「あれは……小谷城からおっとり刀で駆けつけてきた、浅井の軍勢のようだな」

「なっ、なにをする気なんです⁉　あの人達」

時速四十キロ程度でも、兵達のいる場所へすぐに近づいていく。

列車を見つけた武者は、両手を広げて何かを叫び出す。

「ここは通さぬぞぉ――‼」

微《かす》かにそんな声が聞こえ、とおせんぼをしようとしているようだった。

「列車を止めようとしとるんじゃろう」

冷静に言った磯崎に、長崎が驚きながら聞き返す。

「列車を止める⁉　そんなこと出来るわけないじゃないですか！　そんなことしたって轢《ひ》かれて死んでしまうだけですよ」

「きっと、列車をあまり見たことがないから、列車に当たると『死んじまう』ってことが分からないんだろうな……」

この先の事態が予見出来た磯崎は、口を真っ直ぐに結んだ。

列車がこのまま進めば、線路上にいる兵を轢くことになる。

だが、藤吉郎の兵を乗せている以上、浅井の軍勢の前で停まるわけにもいかない。

「そっ、そんな……轢くんですか⁉　あの人達を！」

長崎は右手をブレーキに置き、迫ってくる兵達を指差す。

辛い気持ちは分かるが、磯崎は心を鬼にして言う。

「仕方ないじゃろ。停まれば死ぬのは自分だぞ、長崎」

「そっ、それは分かっていますけど……」

突然追い込まれた長崎は、額から汗を流しながら、体全体で大きく息をする。

国鉄の運転士時代、長崎も人を轢いたことはなかった。

もちろん、線路上に人が見えれば、すぐに「ブレーキを引け」と指導されてきた。

だが、今はそうした人が線路上に見えているにもかかわらず、ブレーキを引くことが許されない状況に追い込まれていた。

長崎の心臓は異様に高鳴り、体が熱くなった。

「轢かれますよ……轢かれますよ……本当に轢いてしまいますよ――‼」

自分に問いかけるように長崎が叫ぶ。

だが、長崎には自分の運転で、人を故意に轢くなんてことは出来なかった。

「やっぱりダメです！」

長崎がブレーキを引こうとした瞬間に、運転台のドアが勢いよく開く。

「ブレーキを掛けんじゃねぇよ、長崎」

「しっ、下山さん⁉」

突然現れた下山に長崎は驚いた。

下山も木ノ本に最終列車まで残っていて、ディーゼル機関車の外側のデッキに飛び乗っていたのだった。

運転台に入ってきた下山は、そのまま通り抜けて前へ続くボンネット横のデッキを素早く歩いていき、ディーゼル機関車の一番先頭に立った。

そして、肩に掛けていたバッグから残っていた火炎瓶を一本取り出すと、その先端に火を点けて前へ向かって思いきり投げつけた。

「邪魔すんじゃねぇ！」

飛んでくる瓶を見た兵達が「危ない」と、急いで落下地点から離れる。

放物線を描いて飛んだ下山の瓶がレールの上に落ちて割れ、中から散ったガソリンに引火して大きな炎をあげる。

『おぉぉぉぉ‼』

兵達は初めて見たガソリン爆発に大声をあげて驚き、燃え盛る炎を中心に蜘蛛《くも》の子を散らすように放射状に飛び去った。

列車は浅井勢に向かって時速四十キロ程度で接近していく。

その時、線路脇に集まっていた浅井軍の鎧武者の一人が、列車に向かって軍配を振る。

「鉄牛には織田の兵が乗っておるぞ。皆の者、弓を射かけよ‼」

すぐに『おぉぉ』と応え、弓を持った者達が素早くやなぐいから矢を引き抜き、弦《つる》に筈《はず》をはめ込んで一気に引き絞ってから放った。

すぐに十数張りの弓から、目の前を通過する列車に矢が飛ぶ。

機関車や客車に当たったものは問題なかったが、ほとんどの者は守るもののない長物貨車に乗っており、鎧を捨てて乗っている者も多かった。

列車の各所から「うっ」と呻くような声や叫ぶような悲鳴が響く。

列車内は阿鼻叫喚《あびきょうかん》となったが、体を寄せ合って当たらぬように祈るしかない。

このまま浅井勢の前を走り抜けていけば、最後の車両まで連続的に矢を射かけられ続けることになる。

それを見た下山は、舌打ちをしてから最後の火炎瓶を取り出す。

「しゃあねぇなっ」

下山は軍配を持つ鎧武者を目がけて、思いきり火炎瓶を投げた。

「放てぇ！　放てぇ！」

そう叫んでいた鎧武者の足元に、火炎瓶が落下して爆発する。

その瞬間、周囲の酸素が一気に奪われて、鎧武者は「うぅ」と倒れた。

指揮をしていた鎧武者が倒れたことで、浅井勢が一瞬だけ怯む。

「今のうちにっ！」

前方の線路はまだ燃えていたが、長崎は構わずマスコンを回して増速し、火の中へディーゼル機関車を突入させた。

「熱っ」

先頭にいた下山はボンネットに身を寄せたが、炎の熱さを感じた。

最終列車が浅井勢の前を通過して、関ケ原方面に脱出していく。

「放て！　放て！　逃がすな――――!!」

追いすがるような声が聞こえ、散発的に矢が降る中を列車は走り抜けた。

だが、一度引き離してしまえば、時速四十キロでも追いつく術《すべ》は戦国の世にはなく、やっと間に合った火縄銃の音が、虚しく響くだけだった。

そんな音を最後尾の蒸気機関車の運転台で聞く十河は、額の汗を拭った。

「なんとか……やったな」

金ケ崎から部下二万と共に、信長は無事に撤退することが出来た。

六章　天下布設

一五六五年（永禄八年）の年末。冬になったことで戦況は落ち着いた。

道が雪で閉ざされたことで朝倉は越前から動けなくなり、無事に帰ることが出来た松平家康は、三河平定に明け暮れている。

信長は北近江の浅井、南近江の六角と敵対したことで京への道が再び塞《ふさ》がれ、少数の兵なら上京することが出来たが、大軍での京入りは再び困難となっていた。

尾張、美濃を制する織田信長は、周囲の大名の中でも抜きん出た存在となっていて、攻め込まれる可能性は低かったが、甲斐《かい》信濃を平定しつつあった武田《たけだ》信玄《しんげん》が南への侵攻を計画しており、いずれ衝突することが予想された。

今は「嵐《あらし》の前の静けさ」といったような状態で、信長にとっても史実では比較的静かだった時期が終わりに近づいていた。

そんな時、十河《そごう》は金華山山頂の岐阜城天守閣に呼び出される。

早々と降った雪が所々に残る、山頂へ続く石積の階段を登ってきた十河は、朱塗りの三層構造の塔に向かって延びる空中廊下を歩いて行く。

塔の一番上の部屋を気にいっていた信長は、毎日のように金華山に登ってきては政務を行うようになっていた。

おかげで多くの家臣も付き合うハメになり、岐阜に来てから「足腰が辛《つら》い」という不平を言う者が多くなったという。

三階の窓が開けっ放しとなっていた畳敷きの部屋には先客がいた。

「おう、十河殿！　久しぶりでござるな」

先客は藤吉郎だった。

最初に会った頃《ころ》とは別人のように水色の直垂《ひたたれ》に直垂袴《ひたたればかま》を着ており、キッチリと整えられた髷《まげ》には黒い折烏帽子《おりえぼし》を被《かぶ》っていた。

「元気そうだな、藤吉郎」

「わたくしは元気だけが取り柄でございますからのぉ」

藤吉郎は声をあげて笑った。

「どうした？　今日は」

十河が聞くと、上座に座っていた信長が応《こた》える。

「先日の金ヶ崎からの退《の》き口《くち》での働きに、褒美をとらせていたのじゃ」

「褒美？」

藤吉郎は嬉《うれ》しそうに、紙に包まれた重そうな物を両手で見せる。

「お屋形様から金子十枚を頂戴《ちょうだい》した上、新たに与力を増やして頂けることになったのじゃ。ありがたき幸せにござる」

信長に褒められることが、藤吉郎にとって何よりの幸せのようだった。

「そうか、良かったな」

「これも國鉄守殿のおかげでござる」

十河は静かに首を左右に振る。

「私はなにもしていない。ただ、人を運んだだけだ」

「それがすごいのでございます。あのような状況、國鉄守殿がおられなんだら、拙者も確実にあの世行きでございました」

藤吉郎は頭の後ろを叩《たた》きながら、屈託のない顔で笑った。

「もうよい、藤吉郎。お前は下がれ」

「はっ、お屋形様」

背筋を伸ばしてしっかり頭を下げた藤吉郎は、礼儀作法に則《のっと》った回れ右をして後ろを向いたが、そこからは田楽でも踊るように軽い足取りで去っていった。

信長とその背中を見ていた十河は、思わずつられて微笑《ほほえ》んでしまった。

天守閣から見渡せる美濃の絶景を見せつけながら、信長が十河に聞く。

「どうじゃ？　この天守閣は」

もちろん、完璧《かんぺき》といっていい造りなのだが、十河はあえて苦言を呈することにする。

「眺めはいいが、登るのに苦労する」

「それがいいのじゃ。わしがここにおれば、皆の足腰が鍛えられよう」

「ロープウェーでも付けたらどうだ？　城には女性や年老いた者もいるだろう」

十河が微笑むと、信長は興味を示す。

「それはどういうものじゃ？」

十河は拳《こぶし》にした右手をゴンドラに見立てて簡単に説明する。

「レールは敷かずに頂上から麓《ふもと》へ向かって強靱《きょうじん》な紐《ひも》を張り、屋根の上に車をつけた籠《かご》をその紐にかけて、それをもう一本の紐で引いて急斜面を上下させるものだ」

十河の説明を聞いた信長の目が輝く。

「ほぉ、おもしろそうではないか、十河」

「人の力でも上下させるのは難しくないだろう。細い鉄の紐をよじって『ケーブル』さえ作れれば」

信長は自分の膝《ひざ》を手で叩く。

「あい分かった。十河、そのろ～ぷうぇいとやらを作ってみせよ」

「本気か？　信長」

「銭はいくら掛かっても構わぬ。完成した暁には、乗った者から銭を回収するからな」

楽しそうに話す信長を見ながら十河は微笑む。

「分かった。石田に設計させてみよう」

「楽しみにしておるぞ」

そこで十河は、改めて信長に聞く。

「それで、今日の用件は？」

「藤吉郎と同じく、退き口に対する褒美じゃ」

信長は手のひらの半分くらいの、金に輝く丸い印鑑を十河に手渡す。

それはかなりの重みがあって、受け取った瞬間に腕が下がったくらいだった。

「なんだこれは？」

印の面には「天下布設」としっかり彫られてあった。

「國鉄が出す公の文書には、それを使うがよい」

「ありがたき幸せ」

十河も戦国式に、お礼を言えるようになった。

「それとは別にじゃが……」

すぐに近侍の者が五人やってきて、白い包みの載った三方を次々に十河の前に置いていく。それだけで褒美の凄《すご》さが分かる。

「こんなにも……」

「褒美に金子百枚をつかわす」

金子百枚は簡単に計算すると、現代で六十三億くらいの価値があるのだ。

「これでまた延伸工事が出来る」

「だが、しばらく西へは延ばせんぞ」

「では、三河へ延伸したい」

「家康のところにか？」

不思議そうな顔をする信長に、十河はニヤリと笑う。

「家康殿には遠江を獲《と》ってもらいたい。早く三河を平定してな」

信長はすぐに十河の狙いを読み取る。

「遠江に十河の欲しいものがあるか？」

十河は静かに頷く。

「榛原《はいばら》には飲むには適さない、油の浮く水が湧《わ》くと聞いた」

「であるか……」

岐阜城から眼下に広がる景色を見下ろしながら笑い合う。

そんな二人の目には、美濃の広大な地が映っていた。

國鉄路線全図

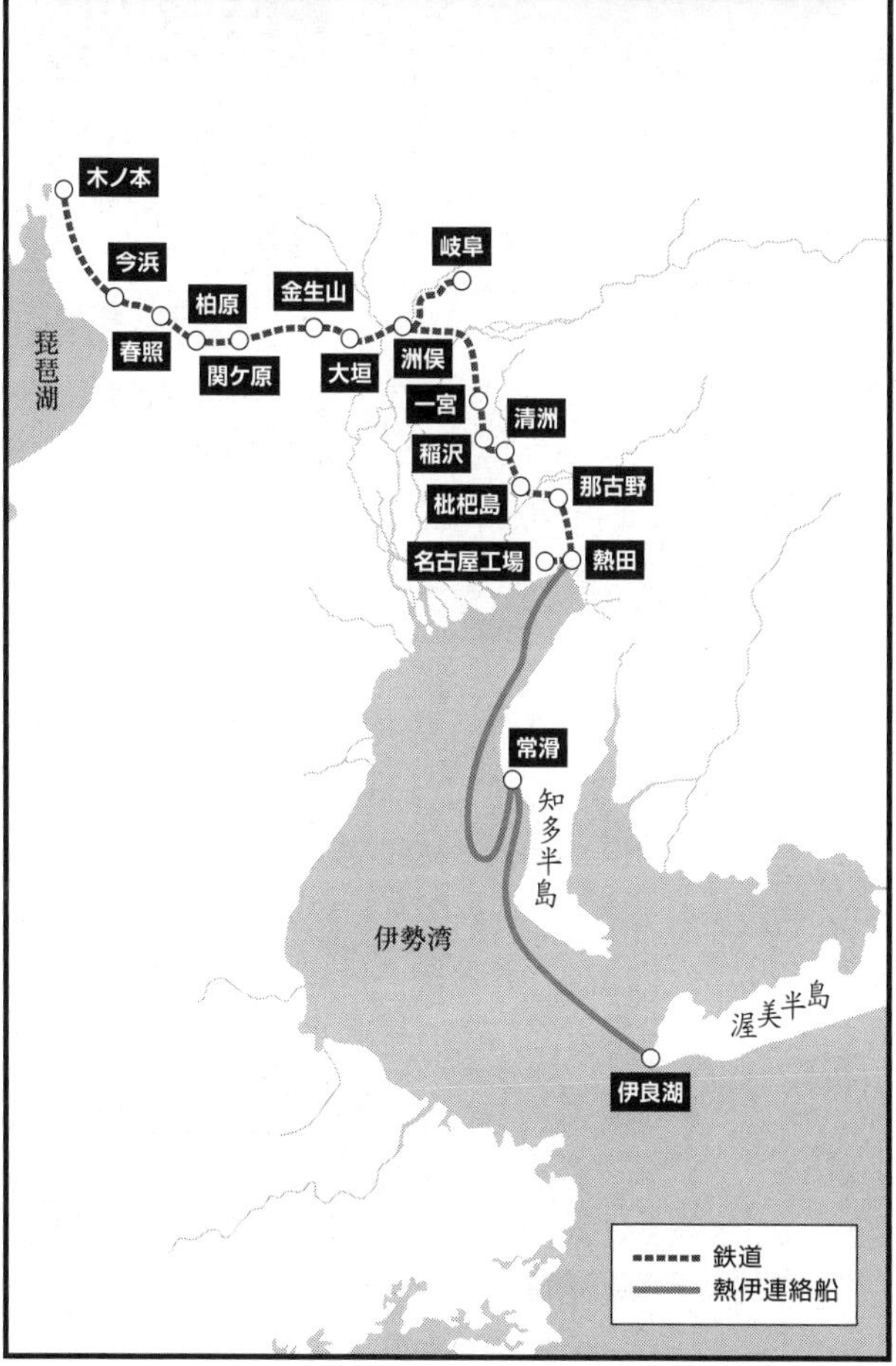
木ノ本
今浜
柏原
金生山
岐阜
琵琶湖
春照
関ケ原
大垣
洲俣
一宮
清洲
稲沢
枇杷島
那古野
名古屋工場
熱田
常滑
知多半島
伊勢湾
渥美半島
伊良湖
鉄道
熱伊連絡船

車両紹介

INTRODUCING VEHICLES

C11形蒸気機関車

1932年から生産された蒸気機関車。全長12.65m、全高3.9m、重量66.05t(運転時)。定格出力610馬力で、最高運転速度は時速85kmである。

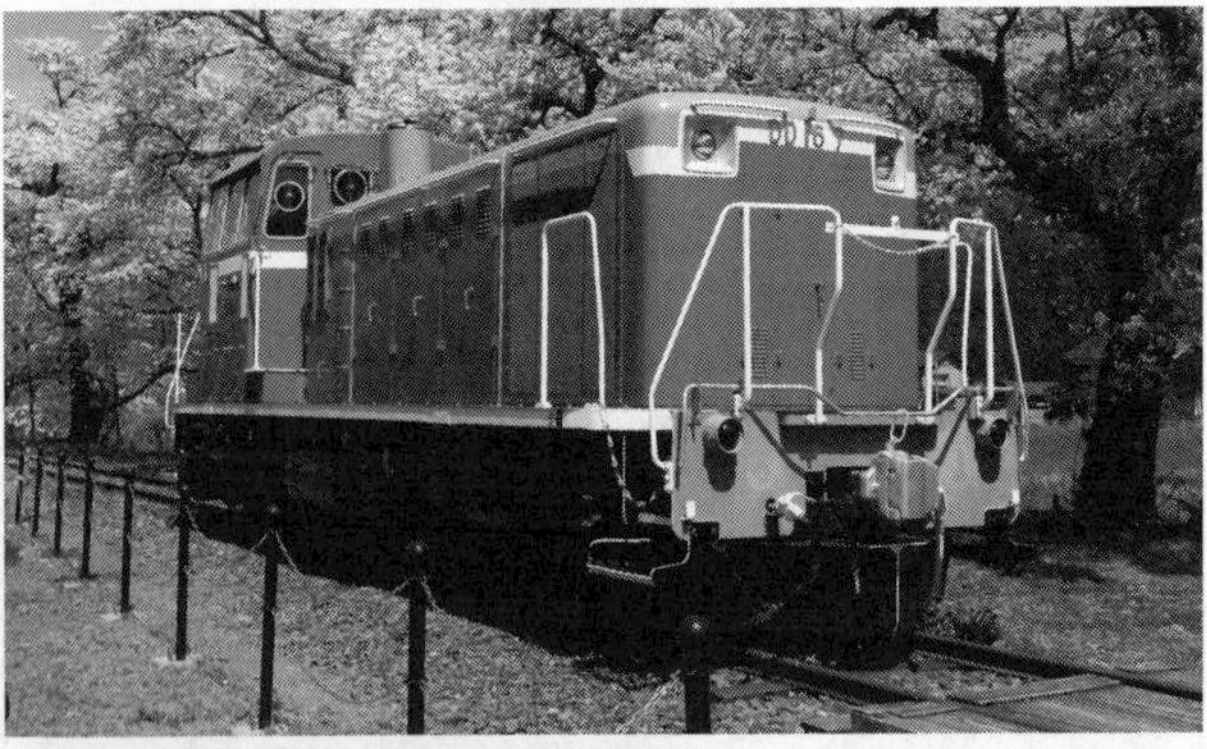

DD16形ディーゼル機関車

1971年から生産された。全長11.84m、全高3.92m、重量48t。定格出力800馬力で、最高速度は時速75kmである。

ソ80形貨車

1956年から生産された、事故救援用操重車。回転式キャブとクレーンを装備している。

TMC-100形軌道モーターカー

1956年から生産された、保線用として小型貨車を牽引できる軌道モーターカーである。

チキ6000形貨車

1977年から生産されたレール運搬などに使用した汎用長物車である。

軌陸型油圧ショベル

軌道上と道路上とで兼用することのできるショベルカー。

写真提供
フォトライブラリー／磯部祥行／
櫛引森之介／松井軌道株式会社

本書はハルキ文庫の書き下ろし作品です。

Haruki Bunko
ハルキ文庫

と 9-2

信長鉄道《のぶながてつどう》 関ヶ原《せきがはら》を越《こ》えて!

著者 豊田《とよだ》 巧《たくみ》

2022年6月18日第一刷発行

発行者 角川春樹

発行所 株式会社角川春樹事務所
〒102-0074 東京都千代田区九段南2-1-30 イタリア文化会館

電話 03(3263)5247(編集)
03(3263)5881(営業)

印刷・製本 中央精版印刷株式会社

フォーマット・デザイン 芦澤泰偉
表紙イラストレーション 門坂 流

ISBN978-4-7584-4494-1 C0193 ©2022 Toyoda Takumi Printed in Japan
http://www.kadokawaharuki.co.jp/ [営業]
fanmail@kadokawaharuki.co.jp [編集] ご意見・ご感想をお寄せください。